Ludwig Thoma

Der Postsekretär im Himmel und andere Geschichten

Outlook

Ludwig Thoma

Der Postsekretär im Himmel und andere Geschichten

1. Auflage | ISBN: 978-3-73262-912-1

Erscheinungsort: Frankfurt am Main, Deutschland

Erscheinungsjahr: 2018

Outlook Verlag GmbH, Frankfurt.

Der Postsekretär im Himmel und andere Geschichten

Der Postsekretär im Himmel

Zwei Tage vor Mariä Lichtmeß wurde der Postsekretär Martin Angermayer zu München von einem echt bayerischen Schlaganfall derartig getroffen, daß er schon nach einer halben Stunde den Geist aufgab.

Seine Seele schickte sich jedoch nicht sogleich zur Reise an, sondern sie gab wohl acht, ob den irdischen Resten auch alle übliche Ehre widerfahre, und zählte und prüfte die Kränze, welche von einigen Verwandten, auch vom Stammtisch im Franziskaner, dem Verkehrsbeamtenverein und seinem Kegelklub gespendet wurden.

Sie bemerkte sodann noch mit Genugtuung, daß der Herr Postrat Leistl beim Begräbnis zugegen war, daß auch die Haushälterin Zenzi in Tränen zerfloß, und sie fuhr gen Himmel, indes ein Quartett des Männergesangvereins eine erhebende Weise sang.

Da saß nun Sekretär Angermayer im Vorraume des Paradieses und fühlte sich keineswegs so glückselig, wie man es nach den Schilderungen frommer Bücher eigentlich glauben sollte.

Schon daß er nackend war, benahm dem an Ordnung gewöhnten Beamten die Sicherheit, und es wollte das Gefühl, ein respektabler Mensch zu sein und auch als solcher zu gelten, nicht recht in ihm aufkommen.

Zudem fröstelte es den an überheizte Bureauräume Gewöhnten in dem Luftreiche, und der Verdacht, daß es von irgendwoher ziehe, quälte ihn nicht minder wie die Unmöglichkeit, jemanden zum Schließen eines Fensters auffordern zu können.

Denn dieser Vorhof des Paradieses war nach drei Seiten hin eigentlich offen, nur vom eigentlichen Himmel trennte ihn eine Wolkenwand, und zwischen den wundervollen Säulen, die ihn rings umgaben, konnte freilich die balsamische Luft ungehindert einströmen, und gleichermaßen von oben, da sie kein Dach abhielt.

Angermayer schickte seine Blicke mißmutig in das unendliche Blau, das sich über ihm wölbte, und in die rosigen Fernen, die sich zwischen den Säulen auftaten, und diese Unbegrenztheit war ihm fremd, und was ihm fremd war, das war ihm nun einmal zuwider.

Dann stand, seine Unbehaglichkeit zu steigern, eine Menge von Leuten um ihn herum, die sichtlich nicht alle aus Bayern oder gar aus München gekommen waren.

Er konnte im Gegenteil bemerken, daß es Menschen aus aller Herren Ländern waren, gelbe, braune, schwarze, Leute mit langen Haaren, wie sie spinnende Schwabinger tragen, Leute mit buschigem Wollhaar, Leute mit Zöpfen, kurzum zumeist fremdartige Wesen, denen er nie hold gewesen war, und die meisten verdrehten ihre Augen verzückt und selig und benahmen sich auffällig.

Jedem einzelnen von ihnen hätte er in den Straßen seiner Heimatstadt verächtlich nachgeschaut unter bissigen Bemerkungen. Jedem hätte er aus seinem Schalter heraus Respekt beigebracht, aber hier, so mitten unter ihnen, war er hilflos und, was das schlimmste war, er gehörte eigentlich zu ihnen, oder schien wenigstens einer von ihnen zu sein. Dann: Zeit seines Lebens war er kein Freund von Kindern gewesen, und ihre Unarten, die von nachsichtigen Eltern womöglich noch gepriesen werden, fielen ihm stets unangenehm auf, und er war nie geneigt, ihrer Unerfahrenheit oder ihrer Jugend etwas zugute zu halten.

Hier trippelten sie nun scharenweise vor seinen Augen herum und jauchzten, und niemand war da, der sie mit Strenge zur Ruhe gewiesen hätte, ja als er einen Bengel, der ihm zu nahe kam, einen ungezogenen Fratz nannte, schüttelte ein langhaariger fader Kerl, der neben ihm stand, mißbilligend den Kopf.

Da drängte sich Angermayer unwirsch durch die Menge und stellte sich hinter eine Säule, um nur das Getue nicht mehr mit ansehen zu müssen.

Seine Gedanken kehrten sehnsüchtig nach der Erde zurück, wo gerade heute als an einem Donnerstage der Kegelabend stattfinden mußte, und er beneidete die Glücklichen um ihr harmloses Vergnügen.

Die Kollegen redeten gewiß von der Ueberbürdung des Amtes, bekrittelten die Leistungen der Vorgesetzten und erzählten, wie sie diesem und jenem die Meinung gesagt hätten, und sicherlich war auf diese Art die allergemütlichste Unterhaltung im Gange.

Vielleicht würden sie heute auch an ihn denken und wohl gar mit Bedauern seine Abwesenheit bemerken?

Er hatte freilich nicht das meiste zur Fröhlichkeit beigetragen, aber er war immer pünktlich zur Stelle gewesen und hatte sich jederzeit als eifriges Mitglied gezeigt, und wenn auf Zeit und Zustände geschimpft wurde, hatte es nie an seinem Beifall und seiner kräftigen Mitwirkung gefehlt.

Ach ja — München!

Angermayer seufzte tief, und der lästerliche Gedanke stieg in ihm auf, wie gerne er sich aus Elysium weg nach der bayerischen Hauptstadt versetzen ließe, und wie bereit er wäre, mit einem Kollegen zu tauschen.

Aber er war schon ein Pechvogel.

Auf Erden hatte man ihn oft übergangen, ihm nie die verdiente Beförderung zuteil werden lassen, und wie er dann schimpfend und nörgelnd und doch im Innern zufrieden sich mit seiner Sekretärstellung abfand, mußte er weg mitten unter die nackten, ekelhaften Schlawiner hinein — — —

»Angermayer!«

Er fuhr aus seinen Gedanken auf, als er seinen Namen mit einiger Ungeduld rufen hörte, und sah einen großen Engel am Himmelsportale stehen, der ungefähr so aussah, wie ein Genius vom Oberammergauer Passionsspiel, und der jetzt die Hände vor den Mund hielt und wiederum den schallenden Ruf ertönen ließ:

»Martin — Angermayer aus München!«

»J — ja!« antwortete mißmutig der Sekretär, »was wollen's denn?«

»Vielleicht ist es Ihnen endlich gefällig, einzutreten?« schrie der Engel.

»I kumm scho,« knurrte Angermayer, und er schob sich langsam durch die Gaffer hindurch, die erstaunt über sein Zögern die Köpfe nach ihm umdrehten, und die noch überraschter waren, als sie der Genosse ihrer künftigen Freuden mit groben Ellenbogen beiseite schob.

»Da bin i. Desweg'n brauchen's do net so plär'n,« sagte der Sekretär zum Engel, der den merkwürdigen Gast mit leuchtenden, kugelrunden Augen maß.

»Ich habe Dich mindestens dreimal gerufen,« sprach er dann mit leisem Tadel.

»Von mir aus sechsmal,« erwiderte Angermayer mit einer im langjährigen Schalterdienst erprobten Grobheit, und er setzte beinahe feindselig hinzu:

»Für de Arbeit wer'n Sie wahrscheinlich zahlt wer'n.«

»Dein Ton ist ungehörig,« sagte der Engel. »Hier ist ganz und gar nicht der Ort für solche Aeußerungen, mein lieber Angermayer.«

»I bin net Eahna Lieber, verstengen Sie mich! Und d' Säu hamm ma aa no net mitanand' g'hüat. Und drittens bin i der königlich bayerische Sekretär, des mirken's Eahna!«

»Das bist Du gewesen! Und jetzt bist Du eine Seele, und sonst nichts, und hast Dich in die Hausordnung zu fügen.«

»Wo is denn Eahna Hausordnung? Wenn Sie a Hausordnung hamm, nacha schaugn's zerscht, daß de Kinder net so umanandrolz'n und lassen's de Schlawiner da d' Füaß wasch'n. Dös waar a Hausordnung, verstengen Sie mich, und dena können's was vazähl'n von Eahnara Hausordnung, aba net an königlich'n Sekretär, der wo seiner Lebtag g'wißt hat, was si g'hört …«

»Ja, Michael!« rief es ungeduldig von drinnen.

»Gleich!« erwiderte der Engel und schob mit einer im Himmel sonst nicht üblichen Energie den streitsüchtigen Sekretär in das Paradies hinein.

Jeder andere wäre geblendet gewesen von dem schier undenkbaren Glanze, der hier strahlend ausgebreitet war, und jeder andere hätte verzückt dem unbeschreiblichen Wohllaute der in der Ferne singenden und musizierenden Engel gelauscht.

Allein Angermayer hatte sich schon von allem Anfang vorgenommen, hier nichts so übermäßig schön zu finden, und dann war er von Natur nicht überschwenglich, und dann war er noch verbittert durch seinen Streit mit dem Erzengel.

Also blickte er mürrisch darein und schnitt ein Gesicht, das deutlich fragte:

»Is dös all's?«

Vor ihm saß inmitten von schön gelockten Engeln ein unglaublich gütig lächelnder Greis, der eine dunkelblaue Toga trug, in welche goldene Schlüssel eingestickt waren.

Es war der heilige Petrus, der unserm Angermayer nunmehr freundlich zunickte und sagte: »Da bist Du ja, mein Sohn! Sei willkommen in unserem Reiche!«

»Was sagst Du?« fügte er bei, da der Sekretär etwas vor sich hinmurmelte.

»Mi hätt'ns scho no a Zeitlang drunt lass'n kinna. Es hätt ma gar net pressiert,« wiederholte dieser, und seine griesgrämige Miene wollte sich nicht aufhellen.

»Aber Martin!« rief der Apostel, »Du bist der erste, der an dieser Stelle nicht vor Freude jauchzt.«

»Mit'n Jauchz'n hab' i's überhaupts net, und i waar froh, wenn i drunt mein Grüabig'n hätt'.«

Petrus wandte sich lächelnd an die Engel, die neben ihm saßen.

»Seht da, ein Münchner, der sich erst an den Himmel gewöhnen muß!«

Und ernster sagte er zu Angermayer: »Nun geh' und freue Dich und bedenke, daß manches in Deinem armseligen Leben Strafe verdient hätte. Aber es ist Dir Mitleid erwiesen worden.«

Der Sekretär merkte am Tone, daß der Heilige als Vorgesetzter gesprochen hatte, und er schwieg.

Ein lebhafter Jüngling mit hüpfendem Gange, der genau so aussah wie einer aus der Schwabinger Stefan-George-Gemeinde, faßte ihn bei der Hand, indem er in singendem Tone sprach:

»Komm, seltsamer Geist, ich will Dich führen.«

In dem Postsekretär regte sich wohl sogleich die grimmige Abneigung gegen die Art seines Begleiters, aber er war zu niedergedrückt, um die rechten Worte zu finden, und er schritt griesgrämig und schweigsam neben dem Engel einher.

Der wurde nun gesprächig und erklärte dem Neuling die Grundidee des paradiesischen Lebens.

»Du mußt wissen,« sagte er, »daß hier alles auf unendliche Fröhlichkeit gestimmt ist. In den obersten Regionen, wohin wir ja nicht gelangen, befinden sich die erhabenen Geister, welche in fortlaufenden Gesprächen ihrer unbeschreiblichen Freude Ausdruck verleihen. Die Heiligen befinden sich in Verzückung, die Engel musizieren, und Du hörst ja die erhabenen Klänge des Konzertes, wir andern aber, zu denen Du nun auch gehörst, bilden die Heerschar der Seligen, und wir haben die Aufgabe, nach unsern bescheidenen Kräften den Eindruck des höchsten Glückes hervorzubringen.

Zu diesem Zwecke erhält jeder eine Harfe.

Ich führe Dich jetzt zu unserm Obersten, dem Engel Asrael, welcher sie Dir verabreichen wird.«

»Was tua denn i mit a Harpfen?« unterbrach ihn Angermayer sehr unwirsch.

»Du mußt frohlocken,« sagte sein Begleiter.

»M-hm, ja! Is scho recht! Weil i gar so guat aufg'legt bi, und überhaupts — i ko gar net Harf'n spiel'n — —«

»Du mußt nur in die Saiten greifen — siehst Du, so ...«

Der lebhafte Jüngling nahm sein Instrument, das an einem rosaroten Bande über seine Schulter hing, und klimperte ein wenig.

Dabei hüpfte er im Takte abwechselnd einige Male auf dem rechten und linken Fuße nach vorne und sang mit näselnder Stimme: »Ha — a — lä — ä — lu — u — jah ... Ha lalala — ha läläla — u — u — ha — ha!...«

Er hielt inne und blickte den Sekretär lächelnd an.

Der machte ein Gesicht, als wenn er saures Bier getrunken hätte.

»Wia hoaßt ma dös?«

»Das ist das Frohlocken der Heerscharen,« antwortete der Jüngling.

»Und Sie glaub'n,« sagte Angermayer, und ein bitterer Hohn spielte um seine Mundwinkel, »Sie glaub'n, daß i bei so was mittua? I? Dös könna's Eahna ja denk'n, daß i umanandhupf wia r'a spinneter Hanswurscht …«

»Deine Sprache ist rauh,« erwiderte der Jüngling, »und Dein Anlitz zeigt weder Ruhe noch Glückseligkeit, aber bald wird Harmonie Dein Wesen verklären …«

»De Sprüch mag i,« antwortete der erbitterte Postsekretär, und nach einer Weile fügte er hinzu: »Sie, passen's auf, was san denn Sie früher g'wes'n?«

»Was ich …?«

»Ja, was Sie bei Lebzeit'n g'wen san?«

»Ach so, als ich noch auf Erden wandelte?«

Und als Angermayer nickte, überflog ein seliges Lächeln der Erinnerung die Züge des lang gelockten Jünglings, und er flüsterte mehr, als er sprach:

»Ich war Lehrer für rhythmische Gymnastik und harmonische Exterikultur.«

»Was is dös?« brummte sein Begleiter, »dös versteh' i net.«

»Ich lehrte die Jugend, sich rhythmisch bewegen und …«

»Jetza!« schrie der Sekretär, »i hab ma's do glei denkt! A Schlawiner, a Tanzmoasta! Und von Eahna soll i was lerna, frohlock'n oda so an Schmarrn? Jetzt hamm's Zeit, daß Eahna verziahgn, sunst nimm i Eahna d' Harpfen und schlag Eahna umanand damit …«

Der Jüngling entfloh mit einem Schreckensruf und ließ Angermayer allein zurück, mitten in einer Asphodeluswiese, auf die er sich nun hinsetzte, voll innerlichen Zornes über das Schicksal, das einen königlichen Sekretär dazu brachte, nackend im Grünen zu weilen.

Er starrte grimmig vor sich hin und überdachte die Möglichkeiten, von hier zu entrinnen. Da sich ihm keine zeigen wollte, und da er sich immer mehr darüber klar wurde, daß seine Versetzung in diese Gegend eine definitive wäre, bestärkte er sich in dem Entschlusse, jede Zumutung abzulehnen, die mit seinem Charakter, seinen Neigungen und vor allem mit seiner Beamteneigenschaft nicht in Einklang …

Er wurde in seinem Gedankengange unterbrochen.

Zwei riesige Engel ergriffen ihn, jeder bei einem Arm, und entführten ihn so schnell und gewaltsam, daß seine Füße den Boden kaum mehr berührten.

Aber seltsam!

Angermayer empfand gegen diese Begleiter weit weniger Widerwillen als gegen jenen sanften Jüngling, und die Gestalten, die Gesichter, die Manieren dieser ungefügen Geister muteten ihn beinahe vertraut an, so daß er trotz der rasenden Schnelligkeit, mit der er vorwärts getrieben wurde, in höflichem Tone zu fragen versuchte:

»Sie entschuldig'n ...«

»Halt's Mäu!« schrie der Engel zur Linken.

»Jegerl! A Landsmann!« rief der Angermayer erfreut und machte einen Versuch, stehen zu bleiben, aber er wurde mit unwiderstehlicher Gewalt fortgerissen, und so keuchte er atemlos: »Geh, sag'n S' mir doch, wo S' her san?«

»Wennst D'as scho wiss'n willst,« brüllte der Engel zur Rechten, »mir war'n Klosterhausknecht in Andechs ..«

»Jessas Andechs!« jauchzte der Sekretär, und wunderkühle Nachmittage hinter den Maßkrügen des Bräustüberls fielen ihm ein, und er schnalzte unwillkürlich mit der Zunge.

»Und an Backsteiner und an Radi!« setzte er die Reihe der seligen Erinnerungen fort.

Mit wie wenig kann ein Mensch doch glücklich sein, und zu was brauchte man ein solches Paradies, wenn man es auf Erden hatte!

Sein Herz fühlte sich hingezogen zu diesen groben Geistern.

»Was teat's denn mit mir, Leuteln?« fragte er beinahe zärtlich.

»Mir geb'n da nacha scho d' Leuteln!« sagte der Engel zur Linken.

»Außi schmeiß'n tean ma Di,« rief der Engel zur Rechten.

Und kaum waren ihm die Worte entfahren, so fühlte sich Angermayer von einem heftigen Wurfe einige Stufen abwärts geschleudert mit dem Kopfe in gefrorenen Schnee fahren, und tausend Sterne flimmerten vor seinen Augen. Ein Tor fiel donnernd hinter ihm zu. — — Er erwachte von dem Falle und der kühlen Luft, die um ihn strich. Er rieb sich die Augen und sah an sich hinunter mit entzücktem Erstaunen, denn er war bekleidet, und er sah um sich und erkannte den lieben alten Rathausturm, dessen beleuchtete Uhr die dritte

Morgenstunde zeigte.

Da merkte er froh, daß er im Bräuhause eingeschlafen war und alles nur getträumt hatte, bis auf den Hinauswurf.

Der war erlebte Wirklichkeit.

Die Hinterseer

Aus: Assessor Karlchen. Verlag Albert Langen, München

An den Straßenecken der Residenzstadt X. waren große Plakate angeschlagen, welche verkündeten, daß die »Hinterseer« ihre Vorstellungen im Hoftheater mit dem oberbayerischen Gebirgsstücke »Der Schnackeltoni« am Heutigen beginnen würden.

Man war auf die schauspielerischen Leistungen dieser Kinder der bayerischen Alpen um so mehr gespannt, als die Tagesblätter seit Wochen rühmende Berichte über die urwüchsige, naive Kunst dieser einfachen Bauern gebracht hatten. Der berufenste Kritiker der Stadt, Herr Moritz Bärenthal, hatte noch gestern in seinem Theaterbriefe Nr. 288 geschrieben: »Es sind Bauern. Nur Bauern. Einfache, mit Lederhosen bekleidete Bauern. Aber, was sie uns bieten, ist echte Kunst. Reine, unverfälschte Kost. Man verstehe mich. Ich sage nicht: es ist **d i e** Kunst. Ich sage nicht, daß sie allen meinen Vorschriften in Brief 68 und 132 (siehe diese) entspricht. Aber es ist **d o c h** Kunst. Die Stücke sind gut. Man gehe hinein. M. B.«

Ein anderes Blatt hatte ein Feuilleton über die Hinterseer gebracht. Die bekannt geistreiche Verfasserin desselben schrieb: »Aus diesen Volksstücken weht es uns entgegen wie Waldesluft und Bergesodem. Wir hören das Murmeln der Bäche und das Rauschen der Bäume, und über alledem schwebt leise verklingend ein melodischer Jodler aus der Kehle eines drallen Bauernmädchens, während im Hintergrunde der ‚Bua' jauchzend und hüpfend einen Schuhplattler tanzt.«

Kein Wunder also, daß die erste Aufführung der Hinterseer das ganze gebildete Publikum der Stadt im Hoftheater versammelte.

Auch Serenissimus hatte sich mit Allerhöchstdero Gemahlin eingefunden. In eingeweihten Kreisen erzählte man sich, daß der hohe Herr vor Beginn der Vorstellung sich heiter angeregt von dero Gemahlin über das Milieu hatte belehren lassen.

Die höchste Frau war nämlich vollständig vertraut mit den Sitten und Gebräuchen des Gebirgsvolkes, da Höchstsie einigemale bereits durchgereist waren.

Ihre Durchlaucht schilderten den bekannten Stolz des reichen Bauern, welcher seine Töchter nur wiederum an Bemittelte verheiratet, was insofern nicht ganz den Intentionen der hübschen Landmädchen entspricht, als diese gewöhnlich ihre treuherzige Zuneigung einem Bediensteten des Vaters schenken.

Durchlaucht erwähnten dann noch den rührenden Kampf zwischen Pflicht und Liebe seitens der Tochter, berührten auch die Entsagung des armen Knechtes, den Konflikt desselben mit dem starrköpfigen Alten und bemerkten, daß alle diese Gefühle am Schlusse des Stückes durch Patschen auf die entblößten Knie rhythmisch zum Ausdrucke gelangen.

Serenissimus hörten sichtlich interessiert zu und waren sich beinahe im klaren, als das Stück begann.

Es war eine echte, taufrische Dichtung.

Die Tochter des reichen Freihofbauern liebte den Flößer Toni, welcher der beste Schütze und Kegelschieber rundum war.

Der Alte hatte beschlossen, seine Afra an den buckeligen Sohn des steinreichen Holzhändlers Schmid zu verheiraten. Alles war besprochen und verabredet zwischen den Eltern.

Da kommt plötzlich die Entdeckung, daß der arme Schnackeltoni diese Pläne stören will.

Bei einem Preiskegeln ist der Freihofbauer über die Kunst des strammen Burschen so entzückt, daß er ihm freistellt, einen Wunsch zu äußern, gleichviel welchen; er wolle ihn gewähren. Und als Toni das nicht glaubt, schwört er bei seiner Ehre und dem Grabe seiner Eltern.

Da wünscht der Uebermütige die Hand der Afra Wegleitner zum ehelichen Bunde!!

Der nächstfolgende Akt schildert packend den Seelenkampf des Alten, welcher vor der schweren Wahl steht, ob er dem Holzhändler Schmid oder dem Floßknechte Toni das gegebene Wort brechen soll. Er entscheidet sich schweren Herzens zu letzterem und greift mit rauher Hand in das Lebensglück seiner Tochter, welche nach einem schrecklichen Kampfe zwischen Eltern- und Burschenliebe den Helden des Stückes in die Fremde schickt.

Toni zieht in den Krieg, rettet bei Sedan einen Oberst und zwei Generäle, erhält das Eiserne Kreuz, wird verwundet und sieht im Lazarette seine Afra wieder, welche Krankenpflegerin geworden ist.

Im letzten Akt kommt die Versöhnung. Der alte Wegleitner will immer noch starrköpfig den Floßknecht verschmähen, da bringt der Bürgermeister ein Handschreiben des Königs, welcher die Ehe der lieblichen Alpenrose mit dem tapferen Ritter des Eisernen Kreuzes befiehlt.

Wortlos starrt der Alte auf den Brief.

Mit zitternder Stimme sagt er:

»Wos? Vom Kini? Von unserm Kini? An Briaf von unserm Kini? No, Toni, da hast halt Dei Afra! Bal's da Kini selber hamm will, ko der Freihofbauer net dagegen sei. Leuteln, spielt's oan auf!«

Und nun beginnt auf der Bühne, welche sich rasch mit Burschen und Mädeln füllt, ein lustiges Tanzen, Stampfen und Patschen.

Serenissimus waren sichtlich ergriffen und befahlen die Darsteller der Hauptrollen zu sich. Der Intendant von Pritzelwitz geleitete die Naturkinder in die Loge. Sie schoben sich schwerfällig in den vornehmen Raum, und ihr Wortführer, der »Fischersimmerl«, begrüßte die hohen Herrschaften mit der naiven Schlichtheit seines Volkes.

»Grüaß Di Good, Herr Fürst! Grüaß Di Good, Frau Fürstin! Seid's alleweil g'sund beinand?«

»Aeh, was? Was sagt der Kärl?« fragte Serenissimus.

»Er frägt Euer Liebden nach dero Wohlergehen,« flüsterte die Herzogin.

»So, so? Hm! Aeh, äh … sagen Sie mal, mein Lieber, woher sind Sie eigentlich?«

»Vo Hintersee außa, z' allerhöchst im Gamsgebürg.«

»Wie? Was sagt der Kärl?«

»Er bemerkt, daß er aus dem Hochgebirge ist, Euer Liebden.«

»So? Aeh … sagen Sie mal, patschen bei Ihnen zu Hause die Leute alle so stark auf die Knie?«

»Du moanst an Schuahplattler, Herr Fürst? Da hast recht. Woaßt, des is unser Nationaltanz; da leg ma alles nei, was mir hamm, inser Herz und inser G'müat und die Liab zu insern Herrscherhaus.«

»Schon gut, hm, äh, äh … schon gut. Ich verstehe den Kärl absolut nicht, der stottert ja! Sagen Sie mal, Pritzelwitz, der Kärl war doch ein janz gewöhnlicher Bauer? Was?«

»Ja, Euer Liebden.«

»So, wie die Kärls bei uns, die, die Mist schieben, was?«

»Genau so, Euer Liebden.«

»Und jetzt ist er Künstler, he?«

»Ja, Euer Liebden. Ein ganzer, echter, deutscher Künstler.«

»Märkwürdig, hm, äh … märkwürdig! Geben Sie den Kärls ein paar Medaillen für Kunst und Wissenschaft.«

Mit einer gnädigen Handbewegung entließ der Fürst die kunstfreudigen Landbewohner.

Peter Spanningers Liebesabenteuer

Aus: Kleinstadtgeschichten. Verlag Albert Langen, München

Die oberbayrische Stadt Dürnbuch liegt keineswegs an der Eisenbahn.

Vor etlichen fünfzig Jahren stand es der Regierung im Sinne, eine Hauptbahn an die Stadt zu legen. Aber der Brauereibesitzer Peter Spanninger, der Großvater des jetzigen Peter Spanninger, wehrte mit anderen Bürgern die Neuerung ab. Man sagte der Regierung mit klaren Worten, daß die Dürnbucher am Alten und Hergebrachten hingen. Sie wollten mitnichten das Fuhrwesen von der Landstraße bringen und alle Wirte und Lohnkutscher schädigen. Der Weitblickende möge bedenken, daß mit ihnen die Schmiede, Sattler und Wagner Einbuße litten, die Bräuer minderen Absatz fänden und die anderen Geschäftsleute in Gefahr schwebten. Denn alle Kundschaft könne mit der Bahn schnell und mühelos die große Stadt erreichen und dort Geld ausgeben, was besser in Dürnbuch bleibe.

Die Regierung wollte die treue Bevölkerung nicht kränken und legte den Schienenstrang so weit entfernt von der Stadt, daß die Nachkommen des Peter Spanninger zwei Stunden mit dem Omnibus fahren müssen, wenn sie den Pfiff einer Lokomotive hören wollen.

Heute noch rumpelt frühmorgens um sechs Uhr der Postwagen über den Stadtplatz, und der Postillon Johann Glas lenkt die Pferde, wie es sein Vater tat.

Zu Winterszeiten sitzt er verfroren auf dem Bocke und schaut neidisch auf die dunklen Fenster, hinter denen die Bürger in warmen Betten liegen.

Wenn es aber Frühling wird, und ein feiner Morgen tagt, setzt er das Posthorn an und bläst sein altes Lied. Dann kommen Leute an die Fenster und prüfen mit verschlafenen Augen das Wetter.

So hat sich in Dürnbuch das gute alte Wesen erhalten.

Hierin wie überhaupt.

Dürnbuch hat dreitausendvierhundertneunzehn Einwohner. Darunter sind vier Protestanten und ein Israelit; die übrige Bevölkerung ist römisch-katholisch.

Auch darf man nicht glauben, daß jene Andersgläubigen Eingeborene sind.

Der Stadtschreiber Rellstab, der mit seiner Frau und zwei Kindern der evangelischen Konfession angehört, ist Mittelfranke.

Der Israelit heißt Isidor Blumschein, stammt aus dem Schwäbischen und wurde durch den Produktenhandel in die Gegend geführt.

Im übrigen erlitt das katholische Bekenntnis keinerlei Schaden durch die Fremdlinge. Bei den jüngsten Wahlen fielen alle Stimmen auf den ultramontanen Kandidaten, Kaufmann J. B. Irzenberger.

Der Stadtschreiber wollte die politische Ueberzeugung der Herren Bürger schonen, und auch Blumschein heulte mit den Wölfen.

Dürnbuch ist der Sitz ansehnlicher Behörden, nämlich eines königlichen Bezirksamtes, Amtsgerichtes, Rentamtes und Notariates; es hat eine Gendarmerie-, eine Post- und Telegraphenstation. Zu den Lehranstalten gehören außer der Volksschule eine Töchterschule der armen Schulschwestern und eine Realschule.

Ferner befinden sich dort sechs Kirchen, acht Bräuhäuser, eine Kunstmühle und ein herrschaftliches Schloß, welches aber nicht mehr bewohnt wird.

In früheren Zeiten gehörte es den Grafen Selz-Dürnbuch, einem alten Geschlechte.

Der letzte Dürnbuch, Johann Anton, starb unverehelicht als kurfürstlich bayrischer Kämmerer im Jahre 1764.

Der Besitz ging auf die Familie der Freiherrn von Selz-Gögging über, deren letzter Sprosse um die Mitte des neunzehnten Jahrhunderts das Zeitliche segnete.

Vor seinem Tode verkaufte er das Gut Dürnbuch an den Fiskus. Dieser bewirtschaftet noch heute den schönen Forst, läßt aber das Schloß verfallen, weil die Kosten der Instandhaltung zu hoch kommen.

Die Säle zu ebener Erde hat Isidor Blumschein um geringen Preis gemietet; er benützt sie als Lagerräume für Landesprodukte.

Handel und Industrie stehen in Dürnbuch in gedeihlicher Blüte.

Die Landbevölkerung bringt ihre Erzeugnisse in die Stadt und deckt hier wiederum ihre Bedürfnisse.

Die zwei größeren Warenhandlungen von J. B. Irzenberger und Gabriel Riedlechner haben erklecklichen Umsatz.

Die Brauereien sind gut betrieben; die bedeutendste von Peter Spanninger »Zum Stern« siedet über achttausend Hektoliter Malz ein.

Die Kunstmühle war bis vor wenigen Jahren im Besitze des Herrn Jakob Bonholzer, ist aber jetzt in eine Aktiengesellschaft umgewandelt.

Der Handel mit Getreide und Vieh ist rege; auch mit Holz werden gute Geschäfte gemacht.

Das ehrsame Handwerk gedeiht.

So ist im allgemeinen die Bevölkerung wohlhabend, auch wohllebig. Die Arbeit wird mit bedachtsamer Ruhe getan, und alle Feste werden gewissenhaft begangen.

Jeder Familienvater muß in pünktlicher Reihenfolge die Wirtschaften besuchen, um die Beziehungen aufrecht zu erhalten.

In der behäbigen Art der Bürger liegt es begründet, daß gerade diese Seite der geschäftlichen Tüchtigkeit am besten ausgebildet ist.

Ueber Lage und Bau der Stadt läßt sich Rühmendes sagen.

Dürnbuch liegt vierhundertachtzig Meter über dem Meere, in dem von Hügeln durchzogenen Alpenvorlande.

Die Höhen sind bewaldet; aber das dunkle Fichtenholz wechselt ab mit Wiesen und Getreidefeldern, was ein freundliches und mannigfaltiges Bild gewährt.

Man erblickt in der Nähe zahlreiche Dörfer und Weiler; auch in größerer Ferne, wo sich die Häuser dem Auge verbergen, lugt da und dort ein spitzer Kirchturm über die Hügel hervor.

Der Ort Dürnbuch ist um die Mitte des vierzehnten Jahrhunderts entstanden. An die alte Zeit erinnern einige Reste der Stadtmauer und ein gut erhaltenes Tor. Man gelangt durch dasselbe auf den mäßig großen Marktplatz, dessen Mitte ein Marienbrunnen ziert.

Hier steht auch die schöne Pfarrkirche, welche im spätgotischen Stile erbaut ist.

Auf der Südseite des Platzes erheben sich die drei stattlichen Brauereien zum »Stern«, zum »Rappen« und zum »Goldenen Lamm«.

Sie strecken, wie einige Wirtschaften gegenüber, große schmiedeeiserne Schilder in die Luft hinaus. Die blinken freundlich in der Sonne und verheißen Eingeborenen wie Fremden behagliches Unterkommen.

Die Gassen, welche in den Marktplatz einmünden, sind krumm, eng und uneben.

Die Häuser sind mannigfaltig gebaut. Viele haben nach italienischem Muster breite Fassaden, welche in geraden Maueraufsätzen die Dächer überragen.

Diese sind mit Schindeln gedeckt und stoßen hart aneinander. Nicht selten üben waghalsige Knaben auf der gefährlichen Höhe ihre Spiele, indem sie über alle Dächer klettern von einem Hause zum andern.

Und die Kater haben hier oben ein weites Feld für ihre Liebesfahrten.

Der Stolz der Stadt ist eine Lindenallee, welche am Schlosse vorbei bis Holzhausen führt.

Zum mindesten einmal im Jahre beschreibt der quieszierte Lehrer Furtner ihre Reize im Alzboten, gewöhnlich in den Herbsttagen, weil er an die wundervolle Färbung der Bäume und an den wehmütigen Anblick der sterbenden Natur passende Gedanken über den Allerseelentag anzuknüpfen weiß.

Dem Dürnbucher Bürger ist die Allee mit allen Erinnerungen des Lebens verwachsen.

Hier hat er als Kind gescherzt, hier schlich er in dämmernden Abendstunden an der Seite eines weiblichen Wesens, und hier schreitet er jetzt, wenn die Zeit der Torheiten vorüber ist, am hellen Tage neben seiner ehrbaren Frau und neben dem Kinderwagen her.

Südlich der Allee fließt die Alz, ein stattlicher Fluß. In seinem klaren Wasser spiegeln sich die Rückseiten der Häuser, Weidenbüsche und Erlen und die Kühe, die den kleinen Leuten der Vorstadt gehören. Und manches Mal auch die Wäsche der Dürnbucher Damen, welche am Ufer zum Trocknen aufgehängt wird. Im Luftzuge wiegen sich die blühweißen Geheimnisse hin und her, und der Spaziergänger kann hier vieles erblicken, was er sonst nicht zu sehen kriegt.

Man darf es als Tatsache hinstellen, daß die Spanninger in vier Geschlechtern die reichsten und damit die angesehensten Leute von Dürnbuch waren; daß auch der jetzige Besitzer der Bierbrauerei zum »Stern« auf dieser Höhe steht. Und daran knüpft man die Hoffnung, daß sich kein Spanninger in absteigender Linie bewegen wird.

Die erblichen Eigenschaften wie die Stellung der Familie schließen Befürchtungen aus. Einem Spanninger ist der Weg geebnet und die Bahn zu allen Ehrenstellen offen.

Ein Spanninger kann mit der Ueberzeugung ins Leben treten, daß er Distriktsrat wird, und daß dermaleinst an seinem offenen Grabe die sämtlichen Vereine Dürnbuchs mit umflorten Fahnen stehen werden.

Diese Laufbahn ist ihm vorgezeichnet; die Achtung der Bürger hängt an seinem Besitze.

Die Spanninger strebten nie darüber hinaus und sanken nie darunter hinab.

Sie waren in vier Geschlechtern gutmütige Menschen; und jeder hatte mit fünfundzwanzig Jahren seinen Bauch, mit sechzig Jahren seinen Schlaganfall.

Was dazwischen lag, war Durst, Fröhlichkeit und Verständnis dafür, daß auch die armen Teufel leben wollen.

Die Bildung der Spanninger hielt zwar Schritt mit den Anforderungen der Zeit, aber sie blieb innerhalb der Grenzen des Notwendigen. Den älteren Geschlechtern hatten die Grundelemente: Lesen, Schreiben und Rechnen, genügt; die gewerbliche Kunst wurde daheim gelernt.

Der jetzige Inhaber der Brauerei mußte schon mehrere Jahre die neugegründete städtische Realschule oder, wie man sie damals hieß, Gewerbeschule besuchen.

Die Neuerung wandelte den Familiencharakter nicht um; sie blieb ohne einschneidende Wirkungen. Und das war gut. Denn mancher, der eine höhere Stufe der Erkenntnis erklimmen will, gewinnt nichts als eine Verachtung der tieferen, die ihm guten Halt gegeben hätte.

Der Sternbräu geriet nicht in die Gefahren der Zwiespältigkeit von Beruf und Bildung. Er streifte die angeflogenen Kenntnisse ab und behielt als Rest nur eine Vorliebe für Fremdwörter.

Durch ihren häufigen Gebrauch erhob er sich mit einiger Befriedigung über die große Menge. Noch ein anderes kam ihm zustatten. Sein Vater hatte ihn nach Straubing geschickt; er verbrachte hier ein volles Jahr als Volontär in der Kollerschen Brauerei und galt später den Dürnbuchern als ein Mann, der sich in der Welt umgetan hatte. Der Sternbräu zog daraus die Lehre, daß der bloße Anschein ungewöhnlicher Regsamkeit das Ansehen mehrt.

Und diese Erfahrung leitete ihn wieder bei der Erziehung seines Sohnes. Er war nicht bekümmert, als der heranwachsende Peter in der Realschule sehr geringe Tüchtigkeit bewies. Es ist nicht einmal sicher, daß er die Semesterzeugnisse aufmerksam las; die Noten, welche hinter Algebra, Geschichte, Geographie, französischer Sprache standen, waren ihm herzlich gleichgültig. Das Wichtige, nicht für jetzt, sondern für alle Zeit war, daß so bedeutend klingende Wissenschaften mit seinem Sohne überhaupt in Zusammenhang gebracht wurden. Dabei konnte er wohl die schulmeisterliche Ansicht über Fleiß und Talent eines Spanninger übersehen.

Als Peter das achtzehnte Lebensjahr erreichte, schickte er ihn nach Weihenstephan.

Darin lag ein Zugeständnis an die Forderungen des Zeitgeistes. Der Besuch der Brauerschule gewährt den allgemeinen Vorteil jeder akademischen Bildung; dazu den besonderen der scheinbaren Umwertung einer gewerblichen Tätigkeit in eine Wissenschaft.

So verbrachte also der junge Sternbräu zwei Jahre unter den Jünglingen, die in Freising ungeschlachte Fröhlichkeit zeigen. Sie bildeten einen Verein »Gambrinia« und fanden ihre Freude in der Nachahmung studentischer Manieren. Die Berufsehre bedingte, daß sie noch trinkfester waren als die Jünger der Hochschulen. Peter tat rechtschaffen mit und glaubte an das Verdienstliche und an das Bedeutende dieses Treibens. Er war von der besonderen Ehre der drei Farben rot, gold und blau überzeugt, schwur ihnen Treue und vermaß sich im Gesange, für rot, gold und blau in Kampf und Tod zu gehen.

Es war eigentlich nicht die Art der Spanninger, so große Dinge zu versprechen; noch weniger, sie zu erfüllen. Aber da sich Peter nicht viel dabei dachte, störte der fremde Zug den Grundton seines Wesens nicht allzusehr. Die Flammen seiner Begeisterung schlugen nicht hoch. Und wenn er sie mit dunkeln und hellen Bieren löschte, geriet er wieder in Dürnbucher Fahrwasser. Nach zwei Jahren kehrte er in das Elternhaus zurück und paßte sich ohne Mühe dem bürgerlichen Leben an. Die äußerlichen Spuren der Weihenstephaner Zeit verwischten sich freilich nicht. Peter war dick geworden, und die Augen traten noch mehr aus dem stark geröteten Gesichte hervor. Das in der Mitte gescheitelte Haar kämmte er in die Stirne.

Die Schultern zog er hoch, um sie noch breiter erscheinen zu lassen. Er schloß gerne den untersten Knopf seiner Jacke, damit sich die Brust bauschig wölbe. Beim Gehen ballte er die Hände zu Fäusten und hielt sie mit dem Daumen an den Hosentaschen fest.

Die Dürnbucher bemerkten das studentische Gebaren sehr wohl und waren geneigt, darin die Kennzeichen eines reizvollen Lebenswandels zu erblicken. Denn weil sie keine Erfahrung in akademischen Dingen besaßen, statteten sie ihre Meinung darüber mit den abenteuerlichen Vorstellungen ihrer geheimen Sehnsucht aus. Sie wollten es nicht anders gelten lassen, als daß der Sohn ihres reichsten Mitbürgers zwei Jahre mit seltsamen Liebeshändeln hinter sich gebracht habe. Wer in solchem Rufe steht, ist gut daran, wenn ihn das bürgerliche Gewissen im Besitze der nötigen Mittel schätzt. Und darum zog Peter ohne sein Zutun Nutzen aus dem, was eigentlich ein Vorwurf war. Nun lebte damals in der Kreuzgasse ein Mann, der vielen unheimlich war, weil die Art seines Erwerbes nicht klar zutage lag.

Er hieß Korbinian Fröschl und trieb weder Handel noch Handwerk. Er hatte aber nicht etwa die Mittel, welche ihm das Leben eines Privatmannes möglich machten, sondern er stand in offenkundiger Dürftigkeit. Seinen Unterhalt verdiente er durch leichte Geschicklichkeiten, die auf geheimes Wissen begründet waren und schon darum den Verdacht der seßhaften Bürger erregten.

So war er ein Quellenfinder. Wenn er mit einem Gabelzweige in der Hand über die Hügel schritt, konnte er mit untrüglicher Sicherheit bestimmen, wo man nach Wasser graben könne. Ueberdies besaß er gute Mittel gegen landesbräuchliche Krankheiten, so daß er den Bauern als schätzbarer Heilkünstler galt.

Weil er aber viele Kenntnisse nur mit Heimlichkeit verwerten durfte, hatte er ein schweigsames Wesen angenommen, welches das Vertrauen verscheuchte. Ueberdies war er nach seinem Aeußeren eine düstere Erscheinung, und manche seltsame Nachrede hing sich an seinen Namen. Dieser Korbinian Fröschl besaß eine zwanzigjährige Tochter mit Namen Anna; sie war eine schön gewachsene Person, von angenehmen Zügen, jedoch ohne rechte weibliche Tugend. Ihre Kindheit war nicht behütet worden. Die Mutter war früh dem Tode verfallen, und der Vater, den seine Geschäfte oft vom Hause fernhielten, kümmerte sich wenig um die Erziehung.

So gewöhnte sich Anna nicht an Pflichterfüllung und entbehrte der tröstlichen Grundsätze, daß Arbeit das Leben versüßt und Armut nicht schändet.

Vielmehr hing sie ihr Herz an vergängliche Dinge und hegte den Wunsch, ihre Schönheit, die ihr wohlbekannt war, mit nichtigem Putze zu heben.

Dieses Frauenzimmer lernte der junge Spanninger durch einen gewöhnlichen Zufall kennen.

Es war zu Ende April, und die Dürnbucher Welt hatte ein frühlinghaftes Aussehen. Die Stare pfiffen in allen Gärten, und die Schlehdornhecken waren mit weißen Blüten bedeckt, und Gabriel Riedlechner und J. B. Irzenberger hatten ihre Neuheiten in Frühlingsstoffen ausgelegt.

Da ging Anna Fröschl über den Stadtplatz und blieb vor den Ladenfenstern stehen. Sie betrachtete Pers und Zephir, blau gemusterte Baumwollstoffe, Musselin und Mull.

Sie fertigte sich in Gedanken von jedem Zeuge eine Bluse an und suchte sich bunte Gürtel aus, die dazu passen konnten, und drehte sich vor den Spiegelscheiben, als hätte sie nun die ganze Pracht zu probieren.

Peter, der vor seinem Hause stand, sah die gefällige Person von weitem und ging wie von ungefähr über den Platz. Er spazierte einige Male mit hochgezogenen Schultern an dem Laden vorüber und bemerkte unterweilen die Vorzüge des Frauenzimmers.

Auch dieses übersah seine Aufmerksamkeit nicht, und als es sich zum Gehen schickte, warf es ihm einen brennenden Blick zu.

Peter überlegte, ob er darin eine Aufmunterung erblicken dürfe, aber da trat Kaufmann Irzenberger aus dem Laden und begann ein Gespräch mit ihm.

Peter fragte gleichgültig und nebenher, wer die Person gewesen sei, die so lange die Auslage betrachtet habe.

Irzenberger gab genaue Auskunft, und so erfuhr der junge Spanninger, daß die Tochter des anrüchigen Fröschl seine Beachtung gefunden hatte. Das kühlte ihn ab.

Die natürliche Scheu, welche gutsituierte Leute von zweifelhaften Elementen ferne hält, war in ihm stark entwickelt. Nicht weniger das dunkle Gefühl, daß arme Leute immer bestrebt sind, die Wohlhäbigkeit auszunützen.

So war er abgeneigt, sich in ein unrühmliches Abenteuer einzulassen, und schon wenige Tage später bestärkte ihm eine zufällige Begegnung diesen Vorsatz.

Er ging um die Mittagszeit das Alzufer entlang und sah nahe der Brücke einen Menschen, der mit nackten Beinen im Flusse stand und ein Netz aus dem Wasser hob. Zwei kleine Fische zappelten darin. Der Mann faßte sie mit der Hand und warf sie in eine rostige Gießkanne. Es war Korbinian Fröschl.

Peter erkannte ihn und sah auch, daß er ein schmutziges Hemd auf dem Leibe trug und eine Hose, die an vielen Stellen nicht geflickt war. Da fühlte Peter mit Macht, wie gut er getan hatte, solche Leute selbst auf verbotenen Wegen zu meiden.

Allein Anna hatte die Blicke des jungen Spanninger nicht vergessen. Im Gegenteil dachte sie häufig daran und brachte sie in Zusammenhang mit ihren heimlichen Wünschen nach hellen Blusen und gelben Ledergürteln. Sie ging jetzt häufig auf den Stadtplatz, und immer so, daß sie an der Brauerei zum Stern vorüberkam.

Doch traf es sich nie mehr, daß sie dem Peter in die Hände laufen konnte.

Ein oder das andere Mal stand er im Kreise der Honoratioren, welche sich allabendlich auf dem Bürgersteige vor Sonnenuntergang zusammenfanden. Aber er war durch die dicken Bäuche und breiten Rücken so versteckt, daß sie ihm keine Blicke zuwerfen konnte.

Da nahm sie einen raschen Entschluß und schrieb einen Brief an den Jüngling, der sein Glück nicht verstand.

Sie wählte ein überaus zierliches Papier, das mit Spitzen umrändert und auf der ersten Seite mit einem schnäbelnden Taubenpaare geschmückt war.

Darunter setzte sie den Vers:

Kein Feuer, keine Kohle kann brennen so heiß
Wie heimliche Liebe, von der niemand nichts weiß;

und weil sie die Anrede nicht zu kalt und nicht zu warm wählen mochte, half sie sich, indem sie ein Fragezeichen und zwei Ausrufezeichen über den Text schrieb.

Dann sagte sie, es sei vielleicht ein gewisser Jemand, dem man kürzlich begegnete, erstaunt über diese Kühnheit, und vielleicht denke er sich gar etwas Schlechtes. Sie habe lange gezweifelt, ob es sich schicke, einem fremden und doch nicht fremden jungen Herrn zu schreiben, und sie wisse, es schicke sich eigentlich nicht. Denn besonders in Dürnbuch seien die Leute gleich bereit, ein Mädchen schlecht zu machen, aber sie hoffe, daß ein gewisser Jemand nicht so sei. Und wenn sie das nicht dächte, und wenn sie glauben müßte, er könne etwas Schlechtes meinen, dann würde sie überhaupt nicht schreiben. Aber sie müsse doch schreiben, weil sie ihm sagen wolle, daß sie gerne den gewissen Jemand wiedersehen möchte, und wenn er deswegen nichts Schlechtes denke, dann solle er am Mittwochabend in die Kreuzgasse kommen, weil ihr Vater nicht daheim sei. Jedoch, wenn er etwas Schlechtes denke, dann solle er um Gottes willen nur ja nicht kommen. Und er solle nicht vor der Dunkelheit kommen, weil neidische Augen wachten.

Darunter schrieb sie:

»Ungenannt und doch bekannt. A. F.«

Und sie setzte wiederum ein Fragezeichen und zwei Ausrufezeichen hinter die Buchstaben.

Der Brief stürzte Peter in Ratlosigkeit. Er sah das frische Mädchen vor sich mit allen runden Heimlichkeiten, die sein Blick begehrlich gestreift hatte, aber als Spanninger konnte er nicht blind in den Strudel der Leidenschaft tauchen. Denn, wie gesagt, er war von Kind auf mit großem Mißtrauen gegen das andere und ärmliche Menschentum angefüllt worden. Und dachte er auch zu manchen Stunden, daß er wohl verstohlen in den Liebesgarten schleichen könne, so überlegte er baldigst wieder, daß solche Leute wie Fröschl Geheimnisse gerne zu Geld machen.

Stündlich wechselte er mit seinem Entschlusse seine Stimmung.

Jedesmal, wenn er sich vornahm, zu entsagen, wurde sein Gemüt leicht und froh, und jedesmal, wenn er der Lockung folgen wollte, fühlte er sich bedrückt. Die helle Stube, der sauber gedeckte Tisch, alle Behäbigkeiten des Elternhauses mahnten ihn, die bürgerliche Ehrsamkeit zu wahren, aber wieder winkten ihm die lebhaften Gedanken an beachtenswerte Reize.

Denn trotz aller Meinungen, die in Dürnbuch feststanden, war es sein erstes Abenteuer.

Und weil sich seine Tugend nicht auf gefestigte Grundsätze, sondern auf äußerliche Bedenken stützte, mußte sie immer wieder ins Wanken geraten.

Am Tage des Stelldicheins spazierte Peter gleich nach dem Mittagessen durch die Kreuzgasse. Er wollte unauffällig die Oertlichkeit erkunden, und darum hatte er sich zur Jagd gerüstet.

Vielleicht dachte er nebenbei, daß er so das Wohlgefallen an seinem Aeußeren heben könne, denn er war mit Joppe und Gewehr gewalttätig anzusehen.

Ueberdem hatte er seine Waden mit ledernen Gamaschen umkleidet, obschon die Sonne leuchtend am Himmel stand und alle Wege in Trockenheit lagen.

So stieg er mit langen Schritten durch die Gasse.

Die Häuser waren unbehaglich anzuschauen; es fehlte ihnen die rechte Breite. Sie standen eng aneinander gepreßt und ragten steil in die Höhe, damit sie oben Luft schöpfen konnten. Kleine Fenster saßen unregelmäßig neben- und übereinander, die Scheiben waren trübe, und viele gähnten schmucklos in die Gasse herunter. Nur wenige waren mit dunkelfarbigen Vorhängen geschmückt.

Was Peter sah, wirkte erkältend auf seine Gefühle, und er wünschte jetzt, unbemerkt zu entkommen. Aber die stille Gasse war an hallende Tritte und knarrendes Leder so wenig gewohnt, daß sie erwachen mußte.

Der Flickschneider Söllbeck, der mit untergeschlagenen Beinen in seiner Werkstätte saß, erhob sich rasch, um dem jungen Manne mit den prallsitzenden Beinkleidern nachzusehen.

Gegenüber trat die Frau Buchbinder Gnadl unter die Türe und schüttete schmutzige Brühe auf das Pflaster. So hatte sie ein Recht, im Freien zu weilen und zu ergründen, was den Sohn des Sternbräu in die Gegend führen könnte.

Nebenan trug die Schusterin Brummer ihr Knäblein auf dem Arme heraus, und dieses begann alsogleich zu schreien.

Da öffneten sich herüben und drüben die Fenster, und alle neugierigen Augen folgten dem blanken Jägersmanne.

Peter trachtete vorwärts, aber in der Mitte der Gasse stutzte er, denn er sah Anna Fröschl, die freundlich auf ihn herablächelte. Weil ihr Jäckchen nicht völlig geschlossen war, sah man den Ansatz der runden Brust.

Peter faßte sich ein Herz und grüßte und merkte, daß das Mädchen zweimal nickte.

Das gab ihm und den andern zu denken. Dem Flickschneider Söllbeck blieb es für den Nachmittag ein Gegenstand innerlicher Betrachtung, und die Gnadlin erschien von da ab bis zum Abend jede halbe Stunde vor ihrem Hause, um Spülwasser auszuschütten und Rundschau zu halten.

Peter verließ die Stadt und schritt über Felder und Wiesen. Er hatte Gefahr und Glück des Abenteuers dicht beieinander gesehen und war in neue Zweifel verstrickt. Aber als nun die Bäume lange Schatten warfen, hatte die Tugend einen großen Sieg errungen, und die Schar der Guten war um einen vermehrt.

Der junge Spanninger war entschlossen, auf Liebe und schlimme Nachrede zu verzichten. Und er machte sich auf den Heimweg.

In Dürnbuch läutete man den Englischen Gruß. Die hellen und tiefen Töne der Glocken klangen mit gemessener Feierlichkeit in den Abend, und wäre Peter eine stimmungsvolle Natur gewesen, so hätte er empfinden mögen, daß seine reinliche Seele sich in diesem Augenblick aufwärts erhob, bis zu den rosaroten Wolken des Frühlingshimmels. Jedoch auch sein gröberes Gemüt kam in Schwingung, freundliche Heimatsgefühle faßten ihn an. Er sah im Geiste ungestörte Behaglichkeit, reichlich gedeckte Tische und Ordnung. Und so sicher wußte er sich, daß er den Rückweg wiederum durch die Kreuzgasse wählte. Sie lag schon im Dunkeln, als er sie betrat. Am Eingange brannte ein trübes Licht; der Schein der Laterne reichte kaum bis zum zweiten Hause.

Peter wollte seinen Gang beschleunigen, als eine vermummte Gestalt ihm entgegentrat.

»Herr Spanninger!«

Er blieb stehen und erkannte Anna, die sich in ein Tuch gehüllt hatte.

Sie sagte mit leiser Stimme, daß sie an sein Kommen nicht mehr geglaubt habe, und bei diesen Worten zog sie ihn sanft in den Schatten der Mauer.

Peter folgte mit halbem Widerstreben und antwortete, daß er gleich wieder gehen müsse, weil man ihn daheim erwarte. Er horchte dabei ängstlich in die Gasse hinaus. Es war tiefe Stille und nichts zu vernehmen als die Atemzüge des Mädchens.

Das flüsterte, der Herr Spanninger könne doch ein wenig verweilen.

Ein anderes Mal gerne, sagte Peter, aber nur heute ginge es nicht, weil er Besuch habe von einem Freisinger Freunde.

Der würde sicherlich warten, meinte Anna, und der Herr Spanninger könne sagen, daß er sich auf der Jagd verspätet habe. Und der Herr Spanninger dürfe nicht glauben, daß sie ihn lange aufhalten wolle, denn sie wisse wohl, daß es für sie nicht schicklich sei, bei einem Herrn zu stehen, obgleich sie gewiß niemand erblicken könne.

Peter wurde allmählich sicher und fragte, warum ihm das Fräulein geschrieben habe.

Nur so und überhaupt, erwiderte Anna, und dann habe sie sich gedacht, daß der Herr Spanninger sie vielleicht noch kenne, denn sie sei ihm in früheren Jahren öfter begegnet.

Daran könne er sich nicht erinnern, sagte Peter.

Sie glaube es wohl, antwortete Anna, denn ein so vornehmer Mann gäbe kaum acht auf ihresgleichen.

Das Gespräch stockte, indem Peter nichts zu erwidern wußte.

Anna knüpfte den Faden auf ein neues an. Sie habe gemeint, der Herr Spanninger kenne sie noch, denn er habe ihr neulich nachgeschaut.

Das sei nicht darum gewesen, sagte Peter, sondern weil ihm das hübsche Fräulein aufgefallen sei.

Das könne sie aber gewiß nicht glauben, erwiderte Anna, und sie sähe deutlich, daß der Herr Spanninger sie verspotte. Denn es gäbe Schönere als sie in Dürnbuch.

Es sei keine so hübsch, versicherte Peter.

O, da müsse sie lachen, sagte Anna, denn er sei ein galanter Herr, der solche Dinge allen Mädchen sage. Aber sie wisse recht gut, daß vornehme Leute gerne ihren Scherz trieben.

Peter schwieg und horchte mit Unbehagen auf Schritte, die vom untern Ende der Gasse her klangen.

Das sei der Schuhmacher Brummer, flüsterte Anna, und Herr Spanninger möge in das Haus eintreten. Sie nahm ihn bei der Hand und schlich auf den Zehenspitzen voran.

Peter konnte nicht widerstreben, da die Schritte näher kamen. Es war ihm jedoch in dem engen Hausgange keineswegs wohl zumute, und er beschloß, baldigst Abschied zu nehmen.

Anna lehnte die Türe zu und lugte durch die Spalte hinaus.

Der nächtliche Spaziergänger kam vorbei, und es war wiederum stille.

Jetzt gab Peter kund, daß er nicht mehr länger bleiben könne; aber das Mädchen ließ ihn nicht ziehen. Er müsse noch warten, denn der Schuhmacher Brummer könne umkehren. Bei den Worten schmiegte es sich an den jungen

Mann; er fühlte ihre Schulter und roch den Duft ihrer Haare, aber er rührte sich nicht.

Anna seufzte.

Was sich der Herr Spanninger denken müsse, daß sie jetzt so mutterseelenallein im Dunkeln bei ihm stände?

Peter sagte, sie könne nichts dafür, daß sie sich verbergen müßten, und es dauere nicht mehr lange.

Nein, nein! erwiderte Anna, so leicht sei es nicht zu nehmen, alle Welt sei dabei, von einem Mädchen immer das Schlechteste zu denken, und der Herr Spanninger habe gewiß eine schlimme Meinung von ihr.

Er habe eine gute Meinung von ihr, sagte Peter.

Anna seufzte wieder.

Das hoffe sie fest. Denn sonst müsse es sie bitter gereuen, daß sie den Brief geschrieben habe. Und eigentlich, sie könne es nicht begreifen, wie sie den Mut gefunden habe.

Es sei nichts weiter dabei, sagte Peter.

Für ihn nicht, erwiderte Anna. Aber was würden die Leute von ihr sagen, wenn sie es erführen? Sie könnte sich nicht mehr auf der Straße blicken lassen, so würden alle über sie herfallen.

Das erfahre niemand, sagte Peter.

Ja, das müsse der Herr Spanninger versprechen, das Geheimnis müsse er wahren. Er dürfe nicht sagen, daß sie ihm geschrieben habe, und er dürfe nicht sagen, daß er in ihrem Hause gewesen sei in der stockfinsteren Nacht und ganz allein.

Er werde nie davon sprechen, sagte Peter.

Sie habe jedoch davon gehört, erwiderte Anna, daß die Vornehmen sich darüber lustig machen, wenn sie einem Mädchen den Kopf verdrehen. Und der Herr Spanninger habe gewiß viele Abenteuer gehabt und lache über die Mädchen, die ihm Glauben schenkten.

Er werde gewiß nichts verraten, versicherte Peter, und überdem, jetzt wolle er gehen.

Anna öffnete zögernd die Tür und schloß sie hastig wieder.

Denn auf ein neues klangen Schritte in der engen Gasse.

Es waren feste, grob aufgesetzte Tritte. Eilige Tritte.

Das Mädchen fuhr erschrocken zusammen.

»Jesus! Der Vater!« flüsterte sie.

Peter fühlte sein Herz stille stehen. Er wollte hinaus in das Freie.

»Um Gottes willen nicht!« sagte das aufgeregte Mädchen. »Es ist zu spät! Da hinein! Sie müssen da hinein!« Hastig zog sie ihren Besucher in den Gang zurück, bis sie an eine Türe kam, die sie aufriß. Ein dumpfer Kellergeruch schlug Peter entgegen, aber Anna ließ ihm keine Zeit zur Besinnung. Sie gab ihm einen heftigen Ruck, also daß er stolpernd nachfolgen mußte. Dann stand er schwer atmend in einem moderigen Gewölbe und horchte. Die Haustüre wurde geöffnet. Eine rauhe Stimme fluchte über die Nachlässigkeit, daß um diese Stunde nicht abgesperrt sei. Dann rief die Stimme Anna beim Namen, mehrmals, und mit jedem Male lauter. Dann klangen schwer genagelte Stiefel gegen die Treppenstufen. Fröschl wollte über die Stiege hinaufgehen, um seine faule Tochter zu wecken. In diesem Augenblicke machte Peter in seiner Angst eine Bewegung und schlug mit dem Gewehrkolben heftig gegen die Gießkanne, die hinter ihm stand. Der Schlag tönte laut durch den Gang, und Fröschl schrie, was das sei? Hallo, was das sei?

Anna kam hervor und sagte, daß sie es wäre, und was der Vater wolle.

Fröschl herrschte sie an, was sie in der Kammer um diese Zeit zu tun habe, und das wolle er gleich sehen.

Peter hörte, wie der grimmige Mensch mit einer Zündholzschachtel hantierte, und dann sah er Licht aufblitzen.

Schreckliche Gedanken bestürmten ihn. Erinnerungen an teuflische Geschichten von Menschen, die in verborgenen Kellern umgebracht wurden, von Totengerippen, die erst nach vielen Jahren bei baulichen Veränderungen gefunden wurden; von jungen Männern, die spurlos verschwanden. Er warf sein Gewehr von sich, denn er dachte, daß der Anblick der Waffe die Roheit seines Feindes steigern würde. Und er schrie mit heiserer Stimme: »Schonen Sie mich! Ich bin der Sohn achtbarer Bürgersleute!«

Was und wie? grollte Fröschl.

Und Peter wiederholte es:

»Halten Sie ein! Hier steht der Sohn ehrbarer Leute!«

»So, so, der Herr Spanninger!« höhnte Fröschl, indem er den todbleichen Jüngling beleuchtete. Dann wandte er sich um gegen seine Tochter, und als er merkte, daß sie über die Stiege eilte, folgte er ihr mit schrecklichen Worten.

Peter tastete sich die Mauer entlang bis zur Haustüre. Er riß sie auf und stürmte hinaus und lief mit tollen Sprüngen durch die Kreuzgasse. Er lief bis in die Mitte des Stadtplatzes und machte erst am Marienbrunnen Halt, um Atem zu schöpfen. Als er wieder zu sich kam, hielt er Umschau.

Von drüben, wenige Schritte entfernt, blinkte das Licht über dem goldenen Stern, dem ehrenvollen Wahrzeichen seines Hauses. Nie hatte es ihm freundlicher gelacht.

Es überkam ihn wie Dankbarkeit gegen den Schöpfer, der es nicht zugelassen hatte, daß ein Spanninger sein junges Leben verlor in den schmutzigen Kellern des Fröschlhauses.

Dann ging Peter heim.

Er wartete die Gelegenheit ab, daß er unbemerkt auf sein Zimmer schleichen konnte, und kleidete sich um. Seine Joppe und den Hut mit der verwegenen Feder warf er beiseite, und als er gleich darauf in der väterlichen Wirtsstube saß, fühlte er kräftiges Wohlbehagen und herzliche Freude an der bürgerlichen Ehrbarkeit.

Er hoffte zuversichtlich, daß sein Abenteuer geheim bleiben würde. Fröschl hatte guten Grund, über seine Mordpläne zu schweigen, und das Mädchen nicht weniger. Denn sicherlich war das ein abgemachtes Spiel gewesen.

Die Nacht schlief Peter unruhig. Arge Träume quälten ihn. Er sah einen wilden Menschen und eine üppige Weibsperson in einem Keller schwere Verbrechen begehen. Sie pökelten einen Leichnam in das riesige Krautfaß ein; und der Tote trug die Züge des Peter Spanninger.

Schweißtriefend erwachte er. Es pochte heftig an die Türe; der Hausknecht trat ein und brachte ein Gewehr. Der Fröschl habe es abgegeben, sagte er und drückte sein linkes Auge bedeutsam zu und lächelte.

Und dieses Gehaben mußte Peter durch mehrere Wochen sehen. Nämlich alle Bräuburschen und alle Dienstboten und die Kellnerinnen und die Gäste und der alte Sternbräu selber hatten es angenommen, mit den Augen zu blinzeln, wenn sie Peter sahen.

Und noch viele Jahre später, als Herr Spanninger senior schon längst von sämtlichen Vereinen zu Grabe geleitet war und Herr Spanninger junior hinwiederum einen Sohn und künftigen Sternbräu erzeugt hatte, erzählten sich die Dürnbucher, daß Peter gar seltsam hinter den schönen Mädchen her gewesen sei.

Und auch dieses mehrte sein Ansehen.

Der Kohlenwagen

Aus: Assessor Karlchen. Verlag Albert Langen, München

Ein großes, schwer beladenes Kohlenfuhrwerk fuhr auf dem Tramwaygeleise, als eben ein Wagen der elektrischen Straßenbahn daher kam.

Der Kutscher des Kohlenfuhrwerks sagte: »Wüst, ahö, wüst« und fuhr so langsam aus dem Geleise, als wäre die elektrische Bahn nur eine Straßenwalze.

Er bewerkstelligte auch, daß er gerade noch mit dem hinteren Rade an den Wagen stieß.

Das Rad brach und der Kohlenwagen senkte sich krachend mitten in das Geleise.

»Du Rammel, Du g'scherter, kannst net nausfahren?« schrie der Kondukteur.

»Jetzt nimma, Du Rindviech!« antwortete der Kutscher. Und er hatte ganz recht, denn eine Kohlenfracht kann man nicht auf drei Rädern wegbringen.

Der Kondukteur legte dem Fuhrmanne noch einige Fragen vor. Ob er glaube, daß er das nächste Mal aufpassen wolle; ob er vielleicht **n i c h t** aufpassen wolle und ob noch ein solcher dummer Kerl Fuhrmann sei.

Dies alles brachte den Kutscher nicht aus seiner Ruhe.

Er stieg ab und stellte fest, daß das Rad vollständig kaputt sei.

Und da er infolge dieser Tatsache die Meinung gewann, daß sein Aufenthalt von längerer Dauer sein werde, zog er die Tabakpfeife aus der Tasche und begann zu rauchen.

Erst jetzt faßte er den Kondukteur näher ins Auge, und als er ihn genug besichtigt hatte, erklärte er dem sich ansammelnden Publikum, daß er **n i c h t** aufpasse, weder auf die Tramway, noch auf den Kondukteur.

Und dann lud er die Aktiengesellschaft sowie deren sämtliche Bedienstete zu einer intimen Würdigung seiner Rückseite ein.

In diesem Augenblicke drängte sich ein Schutzmann durch die Menge und stellte sich vor den Wagen hin.

»Was gibt's da? Was ist hier los?« fragte er.

»A hinters Radl is los,« sagte der Kutscher.

»So? Das wer'n wir gleich haben,« erwiderte der Schutzmann, und ich glaubte, daß er ein Mittel angeben wolle, wie man umgestürzten Wägen am schnellsten auf die Räder hilft.

Der Schutzmann zog ein dickes Buch aus der Brusttasche, öffnete es und nahm einen Bleistift heraus, der an dem Deckel steckte.

Während er ihn spitzte, kam wieder ein elektrischer Wagen angefahren.

Der Lenker desselben machte großen Lärm, als er nicht vorwärts konnte, und der Schaffner blies heftig in sein silbernes Pfeifchen.

»Was ist denn das für ein unverschämtes Gefeife? Wollen S' vielleicht aufhören zu feifen?« fragte der Schutzmann und blickte den Schaffner durchdringend an, während er den Bleistift mit der Zunge naß machte.

»So,« sagte er dann, indem er sich wieder zu dem Kutscher wandte, »jetzt sagen Sie mir, wie Sie heißen tun.«

»Matthias Küchelbacher.«

»Mat-thi-as Kü-chel-bacher. Wo tun Sie geboren sein?«

»Han?«

»Wo Sie geboren sein tun?«

»Z' Lauterbach.«

»So? In Lau-ter-bach. Glauben S' vielleicht, es gibt bloß **e i n** Lauterbach? Wollen S' vielleicht sagen, wo das Höft ist? Tun S' ein bissel genauer sein, Sie!«

Inzwischen hatte sich die Menge, welche den Wagen umstand, immer mehr vergrößert.

Ein Herr in der vordersten Reihe untersuchte mit sachverständiger Miene den Schaden.

Er bückte sich und sah den Wagen von unten an; dann ging er vor und faßte die lange Seite scharf ins Auge, und dann bückte er sich wieder und klopfte mit seinem Stocke auf die drei ganzen Räder.

Und dann sagte er, es sei bloß eines kaputt, und wenn es wieder ganz wäre, könne man sofort wegfahren.

Die Umstehenden gaben ihm recht. Ein Arbeiter sagte, man müsse versuchen, ob man den Wagen nicht wegschieben könne. Er spuckte in die Hände und stellte sich an das hintere Ende des Wagens.

Dann sagte er: »öh ruck! öh ruck!« und schüttelte den Wagen, und spuckte immer wieder in seine Hände, bis ihn die Schutzleute zurücktrieben. Diese entwickelten jetzt eine große Tätigkeit. Sie gaben acht, daß die Zuschauer sich anständig benahmen und in einer geraden Linie standen. Das war nicht leicht. Wenn sie oben fertig waren, drängten unten die Neugierigen wieder vor, und deshalb liefen sie hin und her und wurden ganz atemlos dabei.

Noch dazu mußten sie acht geben, daß jeder Schutzmann, der hinzukam, seinen Platz erhielt, wenn ein Vorgesetzter erschien, mußten sie ihm alles erzählen, und wenn ein neuer Tramwaywagen daherfuhr, mußten sie dem Kondukteur einschärfen, daß er nicht durch die anderen Wägen durchfahren dürfe.

Ich weiß nicht, wie die Sache ausgegangen ist, weil ich nach zwei Stunden zum Abendessen gehen mußte. Aber ich las am nächsten Tage mit Befriedigung in den Blättern, daß der Polizeidirektor, der Minister des Innern und unsere zwei Bürgermeister am Platze erschienen waren.

Auf Reisen

Aus: Pistole oder Säbel. Verlag Albert Langen, München

Ich fuhr nach Tirol. Das Coupé zweiter Klasse war gut besetzt. Neben mir saß ein würdig aussehender Herr mit langen Koteletten, offenbar der Gatte der beleibten Dame, welche so stark transpirierte und wie eine Moschusseife roch.

Die drei jungen Mädchen, welche aus ihren Reisetäschchen Ansichtspostkarten hervorholten und abwechselnd Lachkrämpfe bekamen, schienen die Töchter des Ehepaares zu sein. Der Herr mit den Koteletten versuchte mich in ein Gespräch zu verwickeln.

Ich muß hier eine Eigentümlichkeit meines Charakters erwähnen. Ich besitze ein überaus sanftes Temperament. Wenn mich aber im Friseurladen oder in der Eisenbahn ein Fremder anspricht, verspüre ich ein sonderbares Prickeln in der Kopfhaut. Ich begreife in solchen Augenblicken, daß es Kannibalen gibt, welche ihre Mitmenschen auseinandersägen lassen.

Ja, ich beneide sie um die Macht hiezu.

Wenn der Herr mit den Koteletten eine Ahnung gehabt hätte, wie ich in Gedanken mit jedem Gliede seines Körpers verfuhr, er würde geschwiegen haben, er würde nicht den Mut gefunden haben, mir zu erzählen, daß es warm mache und daß eine Reise im Winter verhältnismäßig angenehmer sei, weil man sich gegen Kälte leichter schützen könne als gegen Hitze.

Er ahnte nichts und übersah es, daß in der Art, wie ich ihm den Zigarrenrauch in das Gesicht blies, etwas Gefahrdrohendes lag.

Er übersah es so vollständig, daß er mir versprach, aus seinen Reiseerlebnissen Beispiele anzuführen, welche die Richtigkeit seiner Behauptung klarlegen sollten.

In diesem Augenblicke erinnerte ich mich, daß ich meine schwergenagelten Bergschuhe angezogen hatte; ich wartete, bis er den ersten Satz seiner Erzählungen begonnen hatte, und stieß ihm dann gegen das linke Schienbein, daß ihm die Augen naß wurden.

Wenn er glaubte, daß ich mich nach seinem Befinden erkundigen würde, täuschte er sich.

Ich verhielt mich schweigend und bemerkte mit Genugtuung, daß ihn die

Roheit meines Benehmens verstimmte.

Er wandte sich an seine Gemahlin.

»Bei dieser Hitze hätten wir auch was Besseres tun können, als reisen.«

»Dir zuliebe können wir nicht im Winter nach Tirol fahren,« erwiderte die beleibte Dame ziemlich gereizt.

»Tja! Aber 'n Vergnügen is es nun gerade nich.«

»Otto, willst Du den Mädchen auch **d i e s e n** Genuß verderben?«

Die Frage klang so drohend, daß niemand gewagt hätte, sie mit »ja« zu beantworten. Der Herr mit den Koteletten auch nicht. Er setzte sich zurück, rieb das Schienbein und las die Annoncen.

Vielleicht dachte er darüber nach, weshalb seine Meinungsäußerungen so geringen Beifall fanden.

Die beleibte Dame warf ihm noch einen feindseligen Blick zu, welcher genügte, den Mann auf eine halbe Stunde totzumachen. Dann ließ sie über ihre Züge den Ausdruck mütterlichen Wohlwollens gleiten und schenkte ihre Aufmerksamkeit den Töchtern.

»Ella! Hilde! Kinder, was habt Ihr?«

Die ältere, eine Blondine von knospendem Embonpoint, unterdrückte ihren beängstigenden Lachanfall.

»Ach, Mama! Die Karte von Rudolf!«

»Zeig sie mal!«

Ella reichte eine bunte Ansichtskarte herüber. Ich saß so nahe, daß ich das Bild sehen konnte. Ein dicker Student, auf einem Bierfasse sitzend, in der einen Hand die Pfeife, in der andern den Maßkrug.

Die Mama las halblaut vor:

Ihr kneipt Natur
In Wald und Flur;
Ich kneipe hier
Bei Wurst und Bier.

Es war schrecklich, wie die Mädchen aufs neue kichern mußten; sie hielten ihre Taschentücher vor, bissen darauf und ließen die Augen in Tränen schwimmen.

Die beleibte Dame lächelte gütig und streifte mich mit einem Blick, in welchem viel Mutterstolz lag.

Ich sah deutlich, daß sie mich auf Umwegen zum Sprechen bringen wollte, und beschloß, ihr für diesen Fall auf den Fuß zu treten; es war ein Glück für sie, daß der Zug hielt und die Coupétür aufgerissen wurde.

Ein Herr wollte einsteigen, aber die beleibte Dame erklärte energisch, daß kein Platz frei sei.

Es entspann sich ein lebhafter Wortwechsel, in welchen auch der Mann mit den Koteletten eingriff. Er schöpfte Mut aus der Gewißheit, auf der gleichen Seite zu stehen wie seine Frau, und seine Haltung gewann an Festigkeit mit jedem Satze, welcher von ihr beifällig aufgenommen wurde.

Anfänglich sekundierte er, dann übernahm er die Führung, und zuletzt gehabte er sich so schrecklich zornig, daß ihm die Gemahlin ängstlich abwehrte.

»Aber Männchen, beruhige Dich doch! Du bist ja entsetzlich in Deiner Wut …«

»Nein, Mausi, laß mich! Ich dulde nicht, daß man Euch zu nahe tritt.«

Und er brüllte wieder zur Coupétüre hinaus:

»Was glauben Sie eigentlich? Was fällt Ihnen ein? Sehen Sie nicht, daß hier Damen sitzen? Diese Damen stehen unter **meinem** Schutze, haben Sie mich verstanden? Unter **meinem** Schutze! Ich dulde absolut nicht …«

»Aber Männchen!«

Die beleibte Dame klammerte sich ängstlich an ihn, als fürchte sie, daß er im nächsten Augenblicke etwas sehr Unbesonnenes tun würde.

Er machte sich sanft aus der Umarmung los und schrie, daß seine Ohren sich blau färbten.

»In Deutschland nimmt man Rücksicht auf Damen. Da könnte so etwas nicht passieren, verstanden! Haben Sie in Oesterreich noch nicht gelernt, wie man sich gegen Damen zu benehmen hat? Aber Sie irren sich, wenn Sie glauben. Ich dulde absolut nicht …«

»Männchen, setze Dich zurück! Ich bitte Dich …«

»Nein, Mausi! Ich will mal sehen, ob man …«

In diesem Augenblicke kam der Schaffner und erkundigte sich nach der Ursache des Lärmes.

Der Herr draußen sagte sie ihm.

Der Schaffner konstatierte, daß nur sechs Personen im Coupé seien, während vorschriftsmäßig acht Platz hätten.

Er schob den Herrn zur Türe herein, schlug zu und pfiff, worauf sich der Zug in Bewegung setzte.

Der Mann mit den Koteletten beugte sich zum Fenster hinaus und rief dem Beamten mit der roten Mütze zu:

»Natürlich! Das sind österreichische Zustände! Das sind echt österreichische Zustände!«

Als keine Antwort erfolgte, zog er sich endlich zurück und sah so martialisch um sich, als hätte ich ihm niemals in das Schienbein getreten.

Ich beobachtete den neuen Fahrgast. Ein fetter, blonder Herr mit Gesichtspickeln. Seine wasserblauen Augen sahen verständnislos in die Welt; an seinen dicken, runden Fingern glänzten fünf oder sechs Brillantringe.

Ich mußte sie bemerken, weil er häufig die rechte Hand mit einer schönen Geste an den Mund führte und sich räusperte.

Er versuchte, der Reihe nach die drei Mädchen anzulächeln, aber er begegnete sehr abweisenden Mienen.

Die beleibte Dame schoß ihm Blicke zu, welche ihm durch und durch gingen.

Er fühlte sich sehr unbehaglich und wollte das eisige Schweigen brechen.

»Entschuldigen Sie, meine Herrschaften, aber ich bin sehr gegen meinen Willen hier eingedrungen und bedaure lebhaft die Störung.«

Niemand schenkte ihm Gehör.

»Sie dürfen mir glauben, daß ich lieber in einem leeren Coupè fahre als in einem vollen. Noch dazu, wenn geraucht wird. Ich bin Tenor.«

Die Wirkung seiner Worte war großartig.

Die drei jungen Damen wandten sich ihm lebhaft zu, und die Mama glättete sämtliche Falten, welche ihre Stirn durchfurcht hatten.

»Sie sind Berufssänger?« fragte sie.

»Aber ja,« antwortete der Herr mit den Gesichtspickeln, »ich bin Mitglied der Wiener Hofoper, wann Sie gestatten. Sperlbauer Pepi is mein Name.«

»Sie sind hier zum Sommeraufenthalt?« fragte die beleibte Dame wieder.

»Ja; ich erhole mich etwas von den Bayreuther Strapazen.«

»Sie haben bei den Festspielen mitgewirkt?«

»Aber ja; ich habe im Ring mitg'sungen, wann Sie gestatten.«

Ein betäubender Lärm erhob sich.

»Elsa! Mama! Hilde! Im ‚Ring‘! Das ist ja gottvoll! Und wie er das sagt! Ist er nicht süß? O, er muß uns etwas in das Album schreiben!«

»Kinder! Wir dürfen doch den Herrn nicht plagen.«

»Ach, Mamachen!« schmollte die Aelteste, »denk nur, was für Augen sie bei Röpkes machen werden, wenn wir einen Vers von einem echten Sänger haben. Bitte! Bitte! Mein Herr!« fügte sie schmelzend hinzu und sah den Tenor seelenvoll an.

»Können Sie grausam sein?« fragte die Mutter.

»Aber bitte, wie können Sie glauben?« erwiderte Pepi Sperlbauer, »ich schätze mich glücklich, wann ich so hübschen, jungen Damen eine Gefälligkeit erweisen darf.«

Er sah dabei jede mit seinen wasserblauen Augen an und lächelte gewinnend.

Fräulein Ella reichte ihm errötend ihr Album und einen Bleistift.

Er netzte ihn und sah zur Decke hinauf.

»Wann ich nur wüßte, was ich Ihnen schreiben soll.«

»O bitte! Irgend etwas. Eine Zeile. Einen Vers.«

»Vielleicht etwas von Wagner?«

Pepi Sperlbauer sprach den Namen aus, als wenn er mit drei a geschrieben würde.

»Entzückend! Ja, das wäre herrlich!«

Der Sänger schrieb und überreichte mit einem innigen Blicke das Album der Besitzerin.

»Ich bedaure nur,« sagte er, »daß ich bei der nächsten Station mich von der liebenswürdigen Gesellschaft trennen muß. Aber freilich, Sie werden froh sein, wann der Eindringling fort ist.«

»O, wie schade! Mama! Ach Gott, wie können Sie denken!«

»Eine gewisse Störung habe ich doch verursacht,« meinte der Tenor mit einer kleinen Verbeugung gegen den Herrn mit den Koteletten.

Dieser fühlte, daß er etwas sagen sollte.

»Na, pardong! Ich hatte natürlich keine Ahnung, verehrter Meister, aber …«

Er kam nicht weiter, weil seine Frau ihn durch einen fürchterlichen Blick in die Kissen zurückwarf.

Und weil der Zug hielt. Pepi Sperlbauer erhob sich und verabschiedete sich mit vielen Verbeugungen und herzlichen Händedrücken.

Er winkte leutselig mit dem Hute, als wir weiter fuhren. Fräulein Ella ließ ihr Taschentuch wehen und trat erst nach geraumer Weile vom Fenster zurück.

»Wie schade, daß er schon aussteigen mußte!«

»Er wäre vielleicht geblieben, wenn nich jemand so roh gegen ihn gewesen wäre,« sagte die Mama mit scharfer Betonung.

Der Herr mit den Koteletten vertiefte sich anscheinend in die Zeitung, die ihn vor den Blicken der Gattin schützte.

»Was hat er nur in das Album geschrieben?« fragte Hilde.

»Ach ja, das Album!« Ella öffnete es hastig und las vor:

»Ehrt Eure deutschen Meister,
So bannt Ihr gute Geister.

Pepi Sperlbauer.«

»Wie hübsch! Wie geistvoll!« riefen die Töchter.

»Es ist aus den ‚Meistersingern',« erklärte ihr Vater und sah über die Zeitung herüber.

»Und es ist offenbar eine Anspielung, daß man sich gegen gottbegnadete Künstler nicht so roh benehmen soll,« sagte die Mama.

Auf der Elektrischen

Aus: Nachbarsleute. Verlag Albert Langen, München

In München. Der schwere Wagen poltert auf den Schienen; beim Anhalten gibt es einen Ruck, daß die stehenden Passagiere durcheinandergerüttelt werden.

Ein Schaffner ruft die Station aus.

»Mülіansplatz!«

Heißt eigentlich Maximiliansplatz.

Aber der Schaffner hat Schmalzler geschnupft und kann die langen Namen nicht leiden.

Ein Student steigt auf. Er trägt eine farbige Mütze, und der Schaffner salutiert militärisch.

Er weiß: das zieht bei den Grünschnäbeln. Sie bilden sich darauf was ein.

Und wenn sich Grünschnäbel geschmeichelt fühlen, geben sie Trinkgelder.

Er ist Menschenkenner und hat sich nicht getäuscht.

Der junge Herr mit der großen Lausallee gibt fünf Pfennig.

Er sieht dabei den Schaffner nicht an; er sieht gleichgültig ins Leere; er zeigt, daß er dem Geschenke keine Bedeutung beimißt. Der Schaffner salutiert wieder.

Wumm! Prr!

Der Wagen hält.

»Deonsplatz!« schreit der Schaffner.

Heißt eigentlich Odeonsplatz.

Eine Frau, die ein großes Federbett trägt, schiebt sich in den Wagen.

Ein Sitzplatz ist noch frei.

Die Frau zwängt sich zwischen zwei Herren. Sie stößt dem einen den Zylinder vom Kopfe.

Das ärgert den Herrn. Er klemmt den Zwicker fester auf die Nase und blickt strafend auf das Weib.

»Aber erlauben Sie!« sagt er.

— ?! —

»Aber erlauben Sie, mit einem solchen Bett!«

Die Leute im Wagen werden aufmerksam.

Der Mann scheint ein Norddeutscher zu sein; der Sprache nach zu schließen. Ein besserer Herr, der Kleidung nach zu schließen.

Was fällt ihm ein, die arme Frau aus dem Volke zu beleidigen?

Ein dicker Mann, dessen grünen Hut ein Gemsbart ziert, verleiht der allgemeinen Stimmung Ausdruck.

»Warum soll denn dös arme Weiberl net da herin sitzen? Soll's vielleicht draußen bleib'n und frier'n? Bloß weil's dem nobligen Herrn net recht is? Wenn ma so noblig is, fahrt ma halt mit da Droschken!«

Der dicke Mann ist erregt. Der Gemsbart auf seinem Hute zittert.

Einige Passagiere nicken ihm beifällig zu; andere murmeln ihre Zustimmung.

Ein Arbeiter sagt:

»Ueberhaupt is de Tramway für an jed'n da. Net wahr? Und dera Frau ihr Zehnerl is vielleicht g'rad so guat, net wahr, als wia dem Herrn sei Zehnerl.«

Die Frau mit dem Bett sieht recht gekränkt aus. Sie schweigt; sie will nicht reden; sie weiß schon, daß arme Leute immer unterdrückt werden.

Sie schnupft ein paarmal auf und setzt sich zurecht. Dabei fährt sie mit dem Bett ihrem anderen Nachbarn ins Gesicht.

Der stößt das Bett unsanft weg und redet in soliden Baßtönen:

»Sie mit Eahnan dreckigen Bett brauchen S' mir fei's Maul net abwisch'n! Glauben S' vielleicht, Sie müassen's mir unta d' Nasen halt'n, weil S' as jetzt aus 'm Versatzamt g'holt hamm?«

Die Passagiere horchen auf.

Da ist noch einer, der die Frau aus dem Volke beleidigt; aber, wie es scheint, ein süddeutscher Landsmann.

Die Stimmung richtet sich nicht gegen ihn. Uebrigens sieht er so aus, als wenn ihm das gleichgültig sein könnte.

Er hat etwas Gesundes an sich, etwas Robustes, Hinausschmeißerisches.

Er imponiert sogar dem Herrn mit dem grünen Hute.

Und dann, alle haben es gesehen:

Die Frau ist ihm wirklich mit dem Federbette über das Gesicht gefahren. So etwas tut man nicht. Der Mann selbst ist noch nicht fertig mit seiner Entrüstung. Er wirft einen sehr unfreundlichen Blick auf die Frau aus dem Volke und einen sehr verächtlichen Blick auf das Bett.

Er sagt:

»Ueberhaupt is dös a Frechheit gegen die Leut', mit so an Bett do rei'geh'. Wer woaß denn, wer in dem Bett g'leg'n is? Vielleicht a Kranker; und mir fahren S' ins G'sicht damit! Sie ausg'schamte Person!«

Einige murmeln beifällig.

Der Mann mit dem grünen Hute gerät wieder in Zorn.

Er sagt:

»Der Herr hat ganz recht. Mit so an Bett geht ma net in a Tramway. Da kunnten ja mir alle o'g'steckt wer'n. Heuntzutag, wo's so viel Bazüllen gibt!«

Der Gemsbart auf seinem Hute zittert.

Alle Passagiere sind jetzt wütend über die Unverschämtheit der Frau.

Man ruft den Schaffner.

»De muaß außi!« sagt der Mann mit dem Gemsbart, »und überhaupts, wia könna denn Sie de Frau da einaschiab'n? Muaß ma si vielleicht dös g'fallen lassen bei der Tramway? Daß de Bazüllen im Wag'n umanandfliag'n?«

Der Schaffner trifft die Entscheidung, daß die Frau sich auf die vordere Plattform stellen muß.

Sie verläßt ihren Platz und geht hinaus.

»Dös war amal a freche Person!« sagt der Mann mit dem Gemsbart.

Der Herr mit dem Zwicker meint:

»Eigentlich war sie ganz anständig. Nur mit dem Bette ...«

»Was?!« schreit sein robuster Nachbar. »Sie woll'n vielleicht dös Weibsbild in Schutz nehma? Gengan S' außi dazua, wann's Eahna so guat g'fallt!«

Alle murmeln beifällig.

Und der Arbeiter sagt:

»Da siecht ma halt wieda de Preißen!«

Ein kalter Wintertag.

Die Passagiere des Straßenbahnwagens hauchen große Nebelwolken vor sich hin. Die Fenster sind mit Eisblumen geziert, und wenn der Schaffner die Türe öffnet, zieht jeder die Füße an; am Boden macht sich der kalte Luftstrom zuerst bemerklich.

Die Passagiere frieren, nur wenige sind durch warme Kleidungen geschützt, denn der Wagen fährt durch eine ärmliche Vorstadt.

Da kommt ein Herr in den Wagen, er trägt einen pelzgefütterten Ueberrock; eine Pelzmütze, dicke Handschuhe.

Er setzt sich, ohne seiner Umgebung einen Blick zu schenken, zieht eine Zeitung aus der Tasche und liest.

Die anderen Passagiere mustern ihn; das heißt seine untere Partie. Die obere ist hinter der Zeitung versteckt.

Die größte Aufmerksamkeit schenkt ihm ein behäbiger Mann, der ihm gerade gegenübersitzt.

Er biegt sich nach links und rechts, um hinter die Zeitung zu schauen.

Es geht nicht.

Er schiebt mit der Krücke seines Stockes das hemmende Papier weg und fragt in gemütlichem Tone:

»Sie, Herr Nachbar, wissen Sie, aus welchan Pelz Eahna Hauben is?«

Der Herr zieht die Zeitung unwillig an sich.

»Lassen Sie mich doch in Ruhe!«

»Nix für ungut!« sagt der Behäbige.

Nach einer Weile klopft er mit seinem Stocke an die Zeitung, die der Herr noch immer vor sich hinhält.

»Sie, Herr Nachbar!«

»Waßß denn?!«

»Sie, dös is fei a Biberpelz, Eahna Haub'n da.«

»So lassen Sie mich doch endlich meine Zeitung lesen!«

»Nix für ungut!« sagt der Mann und wendet sich an die anderen Passagiere.

»Ja, dös is a Biberpelz, de Haub'n. Dös is a schön's Trag'n und kost' a schön's Geld, aba ma hat was, und es is an oanmalige Anschaffung. De Haub'n, sag' i Eahna, de trag'n noch amal de Kinder von dem Herrn. De is net zum Umbringa. Freili, billig is er net, so a Biberpelz!«

Die Passagiere beugen sich vor. Sie wollen auch die Pelzmütze sehen.

Aber man sieht nichts von ihr; der Herr hat sich voll Unwillen in seine Zeitung eingewickelt.

Da wird sie ihm wieder weggezogen. Von dem behäbigen Manne, mit der Stockkrücke.

»Sie, Herr Nachbar …«

»Ja, was erlauben Sie sich denn …?!«

»Herr Nachbar, was hat jetzt de Haub'n eigentlich gekostet?«

Der Herr gibt keine Antwort.

Wütend steht er auf, geht hinaus und schlägt die Türe mit Geräusch zu.

Der Behäbige deutet mit dem Stock auf den leeren Platz und sagt:

»Der Biberpelz, den wo dieser Herr hat, der wo jetzt hinaus is, der hat ganz gewiß seine zwanz'g Markln kost'; wenn er net teurer war!«

Der alte Professor Spengler fährt jeden Morgen gegen acht Uhr vom großen Wirt in Schwabing bis zur Universität.

Er fällt auf durch seine ehrwürdige Erscheinung; lange, weiße Locken hängen ihm auf die Schultern, und er geht gebückt unter der Last der Jahre.

Ein Herr, der auf der Plattform steht, beobachtet ihn längere Zeit durch das Fenster.

Er wendet sich an den Schaffner.

»Wer ist denn eigentlich der alte Herr? Den habe ich schon öfter gesehen.«

»Der? Den kenna Sie nöt?«

»Nein.«

»Dös is do unsa Professa Spengler.«

»So? so? Spengler. M—hm.«

»Professar der Weltgeschüchte,« ergänzt der Schaffner und schüttet eine Prise Schnupftabak auf den Daumen.

»Mhm!« macht der Herr. »So, so.«

Der Schaffner hat den Tabak aufgeschnupft und schaut den Herrn vorwurfsvoll an.

»Den sollten S' aba scho kenna!« sagt er. »Der hat vier solchene Büacha g'schrieb'n.«

Er zeigt mit den Händen, wie dick die Bücher sind.

»So … so?«

»Lauter Weltgeschüchte!«

»Ich bin nicht von hier,« sagt der Herr und sieht jetzt mit sichtlichem Respekt auf den Professor.

»Ah so! Nacha is 's was anders, wenn Sie net von hier san,« erwidert der Schaffner.

Er öffnet die Türe.

»Universität!«

Professor Spengler steigt ab. Der Schaffner ist ihm behilflich; er gibt acht, daß der alte Herr auf dem glatten Asphalt gut zu stehen kommt. Dann klopft er ihm wohlwollend auf die Schulter.

»Soo, Herr Professa! Nur net gar z' fleißig!«

Er pfeift, und es geht weiter.

Der Schaffner wendet sich nochmal an den Herrn:

»Alle Tag, punkt acht Uhr, fahrt dös alte Mannderl auf d' Universität. Nix wia lauta Weltgeschüchte!«

In **Berlin**. Der Straßenbahnwagen fährt durch den Tiergarten. Seitab werden Bäume gefällt, und es ist ein sonderbarer Anblick, mitten in der Großstadt Waldarbeit zu sehen.

Der Schaffner wendet sich an einen Herrn, der Aehnlichkeit mit dem Kaiser hat. Die man in Norddeutschland so häufig trifft. Starkes Kinn. Habyschnurrbart.

Der Schaffner sagt: »Das geht nun schon so vier Wochen.«

Er deutet auf die Holzarbeiter.

Der Doppelgänger Kaiser Wilhelms schweigt.

»Wenn sie nur nich den ganzen Tiergarten umschlagen!« sagt der Schaffner.

Keine Antwort.

Der Schaffner versucht es noch einmal.

»Den ganzen Tiergarten! Es wär doch jammerschade!«

Jetzt blickt ihn der Doppelgänger Kaiser Wilhelms an; strenge und abweisend.

Und er sagt:

»Ich habe nicht die Absicht, mich mit Ihnen in eine Konversation einzulassen.«

Der Klient

Aus: Pistole oder Säbel. Verlag Albert Langen, München

Der Rechtsanwalt Isak Tulpenstock war nach einigen Vermahnungen an das Kanzleipersonal soeben im Begriffe, sich in das Landgerichtsgebäude zu begeben, als ihm der Besuch des Oekonomen Mathias Salvermoser gemeldet wurde.

»Was für ein Volk, diese Bauernlümmel! Immer in der letzten Minut! Immer zu spät! Gerad' als ob … lassen S' ihn rein!«

Salvermoser hatte auf die Erlaubnis nicht gewartet, sondern war schon hinter dem Schreiber eingetreten.

»Nu, was wollen Sie?« fragte Tulpenstock immer noch ärgerlich.

»A Frag hätt i, Herr Dokta.«

»Wenn's ein gescheite Frag is, kommen Sie später. Ich muß zum Gericht.«

Salvermoser verlor seine Ruhe nicht.

»Nacha geh' i halt mit,« sagte er, »i ko Eahna ja auf'm Weg aa frag'n.«

Tulpenstock bedachte, daß ein unangenehmer Klient besser ist als keiner, und ließ es zu, daß der Oekonom neben ihm her ging.

Es war ihm peinlich, weil die Leute sich nach ihnen umsahen und weil Salvermoser mit seinen Stiefeln auf dem Bürgersteige einen sehr unfeinen Lärm machte.

»Nu, rücken Sie halt emal raus mit der Sprach!« sagte er ungnädig; »was haben Sie für eine Frag?«

Mathias Salvermoser blinzelte ein wenig mit dem linken Auge, dann stieß er den kleinen Rechtsgelehrten mit dem Ellenbogen an und sagte:

»Sie, Herr Dokta, was kost' des, bal ma oan mit an kloan Stecken am Kopf aufi haut?«

»Was das kost? Das kost emal viel, emal weniger. Da gibt's keinen Tarif.«

»Des woaß i scho. Aba unser Burgermoasta hat g'sagt, nach dem neuen G'setz werd's billiger.«

»Nach was für en neuen Gesetz?«

»No, halt nach dem preußischen G'setz, wo's jetzt eig'führt hamm.«

»Ach so! Das Bürgerliche Gesetzbuch! Da steht nix drin von Strafen wegen Körperverletzung.«

Salvermoser zeigte sich erstaunt.

»Des kon i do scho net glaab'n,« sagte er, »daß de G'setzmacher auf des vergessen hamm. Da hätt's es ja überhaupt net braucht, daß ma was Neu's kriag'n. Des glaab i scho ganz und gar durchaus net.«

»Glaubst Du nicht? Brauchst Du nicht zu glauben,« sagte Tulpenstock sehr ärgerlich.

»Guten Morgen, Herr Kollega!« rief er einem Vorübergehenden zu, »lassen Sie mich mitkommen, ich begleite Sie.«

Salvermoser ließ sich nicht abschütteln.

»Halten S' a wengl, Herr Dokta! I bin no net firti. Moana S', es ko mir was g'schehg'n? I ko hundert Eid schwör'n, daß i in einer Notwehr befunden g'wen bin. Ueberhaupts hob i eahm bloß mit an kloan Steckerl am Kopf aufi g'haut.«

»Nu, um so besser för Sie. Ich hab' jetzt kei Zeit mehr.«

»Sie, Herr Dokta, mit an ganz kloan Steckerl. Es is net dicker g'wen als wia mei Finga.«

»Was reden Sie dann? Wenn er nicht krank war, gibt es vielleicht gar keinen Prozeß.«

»Jaa, krank war er scho.«

»So?«

Tulpenstock interessierte sich doch etwas für den Fall.

»Wann war die Sache?« fragte er.

»Vor a sechs, an acht Wocha, beim Unterwirt.«

»Also eine Wirtshausgeschichte. Mhm! Wie lange war der Mann krank? Hat er sich ins Bett gelegt?«

»Jaa, sell scho.«

»Nu, wie lang is er gelegen?«

Salvermoser blinzelte wieder mit dem linken Auge.

»Er liegt no,« sagte er.

»Was? Das ist ja ernsthaft! Ich kann nicht länger auf der Straße bleiben, kommen Sie ins Bureau!«

»Sie, Herr Dokta …!«

»Später, später!« Der Rechtsanwalt betrat schleunig das Gerichtsgebäude und ließ seinen Begleiter stehen. Als er nach drei Stunden wieder herauskam und eben daran ging, seinem verehrten Herrn Kollega Schiedermann einen verwickelten Rechtsfall klar zu machen, wurde er jählings unterbrochen.

Mathias Salvermoser rief ihn mit lauter Stimme an.

»Des is g'scheit, daß i Eahna siech. Jetzt hab i Eahna do no derwarten kinna. I bin beim Wirt g'sessen neben an Landg'richt.«

»Ich habe Ihnen doch gesagt, daß Sie in die Kanzlei kommen sollen.«

»Scho. Aba, i hab leicht g'wart; i hab halt a paar Halbe mehra trunken.«

Diese Versicherung war überflüssig, denn Salvermoser roch so stark nach Bier, daß man es weithin merken konnte. Er hielt sich mit einiger Mühe aufrecht und faßte beim Reden den Sachwalter am Rock, um sich zu stützen.

Tulpenstock war sehr peinlich berührt. Da er jedoch dem Volke, welches Rechtshilfe sucht, im allgemeinen geneigt war und sich nur ungern dazu verstand, seinen Schutz zu verweigern, beschloß er, den Oekonomen zwar anzuhören, aber möglichst schnell abzufertigen.

»Erzählen Sie mir halt, was Sie auf dem Herzen haben, und später kommen Sie in mein Bureau.«

»Sehg'n S', des is a Wort,« lallte Salvermoser; »i hab's glei g'sagt, der Tulpenstock, hab i g'sagt, des is halt a Mo, der wo … sag' i. Han?«

»Schon gut, schon gut! Erzählen Sie nur rasch! Ich habe noch nicht zu Mittag gegessen.«

»Ah, des macht nix. Passen S' auf, i erzähl's Eahna ganz g'nau. Also i geh beim Unterwirt außa, net? Und da steht a Holzhaufa, net? Oha!« Salvermoser stolperte nach vorwärts und mußte sich wieder an dem Rechtsvertreter einhalten.

»Mein Lieber, gehen Sie jetzt und erholen Sie sich.«

»Na, na, Herr Dokta. Sehg'n S', Sie san a so g'führiger Mo, i muß 's Eahna glei verzählen. I kimm nacha viel liaba.«

»Also meinetwegen; nur rasch, rasch!«

»Ja, und da bin i beim Unterwirt außa und da steht a Holzhaufa, net? Ja, und des han i o'gschaugt. A schön's Holz is g'wen, lauter feichtene und buachene Scheiteln. Do hob i mir denkt, was werd jetzt dös Holz kosten, net? Sie, Herr

Dokta! Oha!«

Tulpenstock wurde nervös.

»Entweder erzählen Sie mir den Vorfall, oder …«

»Es kimmt scho. Passen S' nur auf, Herr Dokta. Alsa, i ziag a Scheitel außa, und wia'r i 's o'schaug, geht g'rad der Brunner Peter daher. Ja, und nacha hat er g'sagt: ‚Was tuast denn Du do?' ‚Nix,' hab i g'sagt, und nacha hab i eahm a bisserl am Kopf aufi g'haut.«

»Mit dem Holzscheit? So? Und warum?«

»Ja, es is ganz kloa g'wen. Und überhaupts hon i eahm gar net treffen wollen. I ho mir denkt, i hau in d'Luft, daß er derschrickt. Aba, er muaß g'rad neig'rennt sei. I glaab, daß er des mit Fleiß to hat. Sie, Herr Dokta, oha! Moana S', daß i freig'sprocha wer?«

Tulpenstock war über diese Frage etwas erstaunt; aber da er einem Klienten nicht gerne die Stimmung verdarb, sagte er: »Freigesprochen? Hm, ja, wer weiß? Wir müssen eben abwarten.«

»Ja, passen S' auf, Herr Dokta. Mir macha de G'schicht a so: bal i frei wer, zahl i Eahna, und bal i g'straft wer, nacha kriag'n Sie nix.«

»Was fällt Ihnen ein? Ich lasse mir doch keine Bedingungen stellen.«

»So, Sie mögen des net?« fragte Mathias Salvermoser und blinzelte wieder mit dem linken Auge, »jetzt kenn i mi scho aus. Bal Sie a richtige Fiduz auf mein Prozeß hätt'n, nacha redeten Sie ganz anderst. Na, mei Liaba! Do geh i zua an andern.«

Die Familie in Italien

Hinter Ala wappnet sich die reisende deutsche Familie mit Mißtrauen und wird sich recht ihrer Superiorität bewußt. Seit Archenholtz und vielleicht noch länger beweist es Klugheit, jeden Italiener für einen Spitzbuben zu halten und dieses südliche Völkchen für einen Schwarm von Leuten, welche ausschließlich von dem guten Gelde der kunstfrohen Deutschen leben.

Dieser Glaube äußert sich im aufbrausenden Zorne, im stirnrunzelnden Unbehagen des so viel wertvolleren Nordeuropäers, und wieder im väterlichen Wohlwollen, im verzeihenden Lächeln über diese leichtsinnigen Naturkinder. Aber er äußert sich immer und überall.

Mama gibt auf das Gepäck acht, zählt zweimal und dreimal die Stücke nach, wirft den Trägern durchbohrende Blicke zu; die beiden Töchter bewachen mit Argusaugen ihre Hutschachteln oder was ihnen sonst auf Erden teuer ist und sie beweisen durch hastige Zurufe, durch Mienen und Gebärden, daß sie absolut nicht in Vertrauen einzulullen sind.

Papa umschreitet die Gruppe, vielleicht nicht ganz so aufgeregt, aber doch mit dem Ausdrucke nicht zu täuschender Vorsicht und auch einer ihm wohlanstehenden Energie.

Dieser Camillo, Miltiade oder Marcello ist wirklich ein guter Kerl, weil er heiter und gelassen alle diese Zweifel an seiner Rechtschaffenheit erträgt.

Er lächelt milde über die stechenden Blicke, die ihm zugeworfen werden, er ist höflich, er will Ruhe einflößen in die Herzen dieser aufgeregten Famiglia, er beteuert mit Worten und mit jenen unnachahmlichen Gesten, daß er ein Ehrenmann ist.

Er schleppt eifrig die Stücke ins Coupé, ist hilfsbereit und liebenswürdig und beschwichtigend. Es ist nichts weggekommen, alles ist unversehrt da; Camillo weist mit einer triumphierenden Handbewegung auf die Gepäckstücke, Mama zählt nach, die Töchter zählen nach.

Ecco!

Wie kann man so hastig, zufahrend, taktlos und beleidigend sein?

Aber das denkt Camillo nicht einmal, er lächelt noch immer, nimmt die doppelte Taxe und dreht beim Wechseln dem mit unbesieglichem Mißtrauen gewappneten Papa einige minder gute Geldstücke an.

Mama hat sich das Wort »Hain« angeeignet. Kurz vor Florenz und im Anblicke der schönen Hügel ist es ihr eingeschossen.

Olivenhain, Pinienhain, Zypressenhain.

Sie spricht es mit Wohllaut und Schmelz, so daß der Hörer merkt und auch merken soll, wieviel tiefes Empfinden für eine toskanische Landschaft in ihr wohnt und aufquillt.

Vermischt mit Erinnerung an etwas Gelesen-Habendes oder im Theater Gesehen-Habendes; vermischt mit dunklen Ahnungen von etwas Poetischem, von etwas als Mädchen Geschwärmt-Habendem.

In Zypressenhainen gehen gelockte Jünglinge umher, an denen weiße Gewänder in malerischen Faltenwürfen herunterfließen, in Zypressenhainen tremolieren die Carusi, in Zypressenhainen schwelgt überhaupt die Phantasie.

Die Wirklichkeit sitzt daneben, hat drei Knöpfe der Weste offen und raucht eine Zigarre.

Wenn man Papa ansieht, müßte man eigentlich an dem Worte »Hain« ersticken.

Mama schließt die Augen und träumt von Gestalten, die sich besser für diese Landschaft eignen.

So!

Da wäre man nun glücklich in Florenz!

Die Töchter sind selig darüber, daß alles so wahnsinnig italienisch aussieht, der Himmel, die Stadt und die Leute.

An einer Straßenecke steht ein allerdings nicht malerisch aussehender Mann, der auf der Mandoline spielt und etwas von *stella, bella* und *amore* singt. Mit wahnsinnig echtem Tonfall.

Papa bemerkt überall die Beweise des südlichen Schlendrians und belehrt seine Familie über die Segnungen deutscher Ordnung und deutschen Fleißes.

Das sollte sich mal bei uns einer erlauben!

Wie hier das Fleisch in offenen Läden hängt, dem Straßenstaube ausgesetzt, wie hier die Kerls herumstehen und nach rechts und links ausspucken, wie hier die halbgewachsenen Bengels … Was ist? Die Signoria? So … hm … wie hier die halbgewachsenen Bengels einem nachlaufen und betteln. Auf die

Weise erzieht man doch …

Mama erzwingt sich mit einem jener Blicke Stillschweigen und Berücksichtigung des erhabenen Moments, in welchem man zum erstenmal an dieser bedeutenden Stelle Bädekers sich befindet.

Loggia dei Lanzi … m—hm … Perseus von Benvenuto Cellini … m—hm … eine Kopie des David von Michelangelo vor der Signoria … m—hm … auf diesem Platze ist Girolamo Savonarola verbrannt worden … Wo? wo? Eine lebhafte Bewegung ist in die Familie gekommen, selbst Papa zeigt Interesse.

Ein Kartenhändler, der sie beobachtet hat, eilt hinzu.

»Postkarten … wollen Sie? Schäne Postkarten … wollen Sie?«

Man antwortet ihm nicht, aber der Mann kennt die Wißbegierde der Italienfahrer.

Er klopft mit dem Fuß auf das Pflaster.

»*Savonarola* .. *qui* .. ist verbrunnen … *qui Savonarola* .. *qui* …«

Die Familie gibt ihre Zurückhaltung auf, und Mama frägt mit italienischem Akzent: »*Savonarola* .. hier?« — »*Si* .. *si* .. *in questo punto* ... *qui* .. ist verbrunnen.« Er zeigt mit lebhaften Gebärden, wie man ein Zündholz anzündet, und beschreibt mit ausholenden Armen Rauch und Flammen »*e combusto* .. ist verbrunnen .. *Savonarola* .. *qui* ..«

Die Schauer der Weltgeschichte überkommen die Familie. Und Papa drückt dem minderwertigen Sohne Italiens ein Trinkgeld in die Hand.

»Kinder!« sagt Papa, »Kinder, Bädeker ist ja ganz recht, und niemand kann mehr Respekt vor der wahren Kunst haben als ich, aber nur nich übertreiben! In gewissem Sinne muß man sich doch auch von Bädeker frei machen können! Ich gebe ja zu, daß junge Kunstbeflissene hier einfach die Pflicht haben, jede Einzelheit zu studieren, aber ich als Mann, der im praktischen Leben steht, wie komme ich dazu, mir von Bädeker vorschreiben zu lassen….«

»Nanu, halte keine Predigt!« erwidert Mama, »und wenn die Kinder daheim was erzählen wollen von Italien, müssen sie eben auch ordentlich dazu tun. Du kannst ja einstweilen in Dein Pilsner Bierlokal gehen, das Du glücklich entdeckt hast….«

»Natürlich gehe ich hin, und wenn Ihr ehrlich sein wolltet, müßtet Ihr zugeben, daß Euch die ewigen Lippi un Lippinos und wie die Kerle alle heißen ...«

»Aber Otto!«

»Na ja, ich habe den pflichtschuldigen Respekt vor diesen Meistern der Renäsanxe, aber macht mir keine Wippchen vor! Ihr habt die Kerls auch über!«

»Tu mir den einzigen Gefallen, Otto — ja? Tu mir den einzigen Gefallen und sprich nich so! Ich kann das hier nich vertragen, das reißt einen ja aus ... aus allen Illusionen! Ich meine, hier könntest Du wirklich mal Deine prosaischen Ansichten ein bißchen vergessen!«

»Och! Och! Prosaisch! Nanu, Wilhelmine, ich will mich nich näher ausdrücken, aber weißt Du, was Ihr hier für'n Theater spielt, Du un die Mädels, so was von Verzückung, nee! Un gestern habt Ihr's vor'm falschen Bild gemacht. Das mit'n Kreuz war hinter Euch an der Wand!«

»Also, Otto, ich erkläre Dir ein für allemal ..«

»Was erklärste?«

»Ich erkläre Dir ein für allemal, daß wir auf Deine Begleitung verzichten. Ich will mir nicht jeden weihevollen Moment ...«

»Och! Och! ...«

»Jawohl, Otto, ich will mir nicht jede andächtige Stimmung zerreißen lassen. Geh Du zu Deinem Pilsner ...«

»Mach ich auch ...«

»Ja, und uns zerstöre wenigstens hinterher nich den Eindruck, den wir von allem Geschauten mitbringen. Alma war gestern förmlich bedeppert über Deine Witze über die Sixtinische Madonna ...«

»Die ist ja jar nich hier, Wilhelmine ...«

»Das mußt Du ja wissen!«

»Weeß ich zufällig ... die is in Dräsen. Herjemmersch! Wenn mir's doch gestern der blonde Professor eine geschlagene Stunde erzählt hat!..«

»Also gut, dann war's eine andre. Jedenfalls war das Mädchen aus allen Himmeln gestürzt ...«

»Och.... och!«

Eigentlich hatte Papa ja recht.

Natürlich nicht mit seiner taktlosen Manier, fortwährend Witze zu machen über das Kunstverständnis seiner Familie, aber so im allgemeinen und überhaupt.

Wenn man es sich nur eingestehen wollte, war es nicht doch furchtbar ermüdend, immer und immer diese Heiligenbilder zu sehen?

Der Kopf wurde einem wirblig davon, und dann, war eigentlich nicht eins genau so wie's andere? Und sich förmlich die Beine in den Leib stehen vor den ganz berühmten Gemälden!

Und dieser innerliche Zwang, von einer Sehenswürdigkeit zur anderen zu laufen, und eine förmliche Angst, seine Aufgabe für den Tag nicht gemacht zu haben! Wie in der Schule!

Nee! Das reine Vergnügen war's gewiß nicht! Schön is anders!

Allmählich erst lebt man sich in einer fremden Stadt ein, aber dann bemerkt man erstaunt, daß die Art, sich zu unterhalten, gewissermaßen europäisches Gemeingut und darum auch hier eingebürgert ist. Papa findet es in der *birreria*, wo man frisches Pilsner trinkt und sehr lange sitzen bleiben kann; die Damen finden es im *tea-room*, wo alle heimatlichen Genüsse sich darbieten. Winselnde Geigentöne und der letzte Operettenkitsch, auch *one* und *two step*, Süßigkeiten zu essen — *toltschi*, wie Mama mit täglich sich mehrender Kenntnis der italienischen Sprache sagt — junge, merkwürdig hübsche Offiziere, ganz moderne, merkwürdig schicke Frühlingshüte, und kurz und gut, Klang und Duft des internationalen *tea-room*, in dem Punkt 5 Uhr nunmehr wohl das ganze faulenzende Europa sich begafft, anbietet und entgegennimmt. Die Damen erholen sich von der Qual der Museumsbesuche und wiegen sich in süße Träume bei den Klängen des letzten grauslichen Walzers.

Wo bleiben Renäsanxe und Tschinquetschento?

Sie versinken in den Wogen des eleganten Lebens, sie ertrinken in Pilsner Bier.

Doch einmal des Tages lebt die Erinnerung an die Pflichten der Bildung auf.

Wenn Alma und Elvira Postkarten an die Freundinnen schreiben.

Man wählt zu diesem Zwecke wahnsinnig echt aussehende Landschaften, Zypressen- und Olivenhaine, oder Reproduktionen jener Bilder, deren Besuch ja eigentlich den Reiz des Aufenthaltes stört.

Dann schreibt man Verzückungen darunter. »Es ist unsagbar schön«, »Ihr glaubt nicht, was man hier erlebt«, »Jeder Tag ist ein neues Wunder«. Und Mama als gute Seele verfehlt nicht, an besonders Liebe zu Hause, einen Stoßseufzer beizufügen: »Warum seid Ihr nicht hier, um all dies Schöne mitzuerleben?« Die Lieben empfangen die Karten mit süffisantem Lächeln, wenn sie den Mumpitz selbst schon mitgemacht haben, mit ungläubigem Neid, aber doch mit Neid, wenn sie's noch vor sich haben.

Und dann gehen sie daheim in den *tea-room*, wo sie winselnde Geigen hören, schöne Offiziere und neue Hüte sehen.

Bildung schafft eine gewisse Gleichheit der Ansichten und der Lebensführung.

Heimkehr.

Papa sehr aufgeräumt über die Aussicht, in zwei Tagen sämtlichen Gewohnheiten wieder frönen zu können, Mama innerlich ebenso glücklich, nun bald von der Fahrt nach dem schönen Süden erzählen zu dürfen und dabei von ihren Unbequemlichkeiten erlöst zu sein, die Töchter in Wonne schwimmend.

»Eigentlich,« sagt Papa, »eigentlich war diese Reise doch kolossal interessant und belehrend. Man mag über Italien denken, wie man will, aber so das rechte Verständnis für das Schöne in der Kunst gewinnt man doch nur hier. Man hat zuletzt 'n ganz andern Blick für Kunstgegenstände, aber es is doch famos, daß wir wieder heimkommen.«

Eine ablehnende Handbewegung von Mama läßt ihn verstummen.

Frauen sind doch wirklich unehrlich und haben ungemein schauspielerisches Talent.

Vielleicht in keiner Sache und vielleicht noch nie war Mama innerlich so einig mit ihrem Gatten wie in dieser Ablehnung des Tschinquetschento und der aufgezwungenen Bildungsweise, und dabei konnte sie in ihre Augen den geradezu frappanten Ausdruck des Schmerzes über seine Unbildung legen!

Dabei konnte sie so träumerisch und sehnsüchtig zum Fenster hinaussehen, als zögen sie übermächtige Gefühle zurück nach Florenz — Firenze, wie sie stets auf Postkarten schrieb — als wäre ihr Durst nach den Herrlichkeiten der Renäsanxe noch lange, lange nicht gestillt!

So täuschend machte sie es, daß er, der gewiegte Kenner ihrer nüchternen Seele, beinahe daran glaubte.

Hinterhalb Mailand, in Zürich, wäre sie um ein Haar aus der Rolle gefallen.

Man hatte dort Station gemacht, und beim Frühstück im Hotel, als Honig, Käse, Butter und Wurst lieblich ausgebreitet lagen, rief Papa: »Nee, Kinner, sagt mir, was Ihr wollt! Kunst ist gut, Kunst verschönt das Leben, aber so'n Frühstück im Schweizer Stil … Kinner, da kann Italien nich ran!«

Und in das Aufjauchzen der Töchter hätte Mama beinahe eingestimmt.

Aber sie besann sich noch und nahm den sehnsüchtigen Blick, rückwärts nach dem Tschinquetschento, mit über den Bodensee und durch Mitteldeutschland bis nach Berlin, wo er nunmehr als ihr Trick und ihre Sehenswürdigkeit gilt bei allen Einladungen am Kurfürstendamm.

Der Interviewer

Zu deutsch: der Zusammenkünftler. Der Mann, der mit Ihnen zusammenkommt, ohne daß Sie ihn gerufen haben.

Er kennt Ihre Marke, unter der Sie im Publikum kursieren, und will, daß Sie Ihre Eigenart recht originell zum Ausdrucke bringen.

Erlauben Sie sich also nicht, diesem wildfremden Menschen reserviert entgegenzukommen.

Seien Sie vom ersten Augenblicke an »herzig und liab«, wenn das Ihr Firmenzeichen ist, oder »biderb grob« oder »geistvoll und sarkastisch«, und glauben Sie ja nicht, daß Sie den Mann durch gleichgültiges Benehmen täuschen können.

Er weiß, wie Sie sind, und prüft genau, ob Ihre Konversation musterecht ist.

Beobachten Sie den Mann, während Sie Indifferentes sagen. Seine Gesichtszüge verraten eine innere Qual, die sich bis zur Hoffnungslosigkeit steigert, wenn Sie Ihr Charakteristisches lange zurückhalten.

Es kommt nicht … es kommt nicht … da! Es ist Ihnen, ohne daß Sie es wissen, ein Aperçu entfahren, noch dazu eines aus Ihrem innersten Wesen heraus. In den Augen des Zusammenkünftlers flammt das Feuer des Verständnisses auf, er schleckt seinen Bleistift ab und schreibt darauf los.

Sie sind festgenagelt, mein Lieber; man hat Sie.

Sagte ich schon, daß Wien die Stadt dieser »Zusammenkünfte« ist? Wenn nicht, dann möchte ich es hiermit nachgeholt haben.

In Deutschland werden fast nur Staatsmänner ausgebohrt, und jedenfalls geht man mit dem Experiment nicht unter Richard Strauß hinunter.

Diesem begabten Musiker sind allerdings schon so viele Würmer aus der Nase geholt worden, daß es verwunderlich erscheint, wenn noch einer drin sein sollte.

Aber reden wir von Wien! Das ist die Stadt, wo immer jemand mit einem zusammenkommt. Man braucht keinen Rosenkavalier vertont zu haben, es genügt, daß man vom zweiten Stockwerk herunterfällt, oder ein aussterbender Fiaker ist, um über seine Weltanschauung oder gehabte und noch habende Schmerzen eine druckreife Meinung äußern zu dürfen.

Wenn im Deutschen Reiche ein Mann aus dem Volke von einem Automobil überfahren wird, so erscheint bei dem Verunglückten zuerst der Arzt, in Wien aber der Zusammenkünftler.

»Wöiches woarn Ihre Gedanken, als Sie bemerkten, daß das Rad über Sie hinwegginge?«

»Woarn Sie im erst'n Schmärz bewußtlos?«

»Wöiches woarn Ihre Gefiehle im Hinblick auf Ihre Gattin und die zahlreichen Kinder?«

Ein geschulter Wiener wird diese Fragen immer so beantworten, daß aus seinem Schmerzenslager ein Duft von Treuherzigkeit in die Zeitung weht, und wenn das Malheur in der inneren Stadt passiert ist, wird er nicht verfehlen, den Stephansturm in rührende Beziehung zu seinem überfahrenen Zustande zu bringen.

Aber der Fremde steht einem Zusammenkünftler denn doch etwas hilflos gegenüber.

Ich denke dabei nicht gerade an einen sich ereignet habenden Unglücksfall, es ist schon bitter genug, wenn jemand zu einer Vorlesung oder zur Aufführung seines Theaterstückes in die Donaustadt reist. Hier gilt also das, was ich von der Hausmarke sagte. Die Redaktion sagt ihrem galizischen Kundschafter, daß der Mann sarkastisch sei, regierungsbissig, respektlos.

Also muß etwas auf diese Eigenschaften Bezug Habendes in den Bericht.

Der fremde Schriftsteller steht auf, zieht zunächst einmal die Unterhosen an, denkt an gar nichts und gähnt.

Es klopft.

Ein Zimmermädchen schiebt durch die Türspalte eine Visitenkarte herein.

»Siegfried Parketöl, Vertreter der ‚Interessanten Welt'.«

Was will man machen?

Der Fremde läßt Herrn Parketöl bitten. Und nun kommt ein kleiner Mann herein, von fleischiger Nase und mit klugen, listigen Augen, Augen wie die einer Kanalratte.

Der Zusammenkünftler.

Er hat sich seine Rolle ausgedacht; er wird volkstümlich und vertrauenerweckend sein.

»Guat Murg'n! Särvus!«

Er blinzelt den Fremden an, als erwarte er schon im Gegengruß etwas

Sarkastisches, Respektloses,Regierungsbissiges.

Es kommt nichts.

Der Fremde ist bloß höflich.

»Wöiche besonderen Verhältnisse haben Sie im Aage gehabt bei Verabfassung Ihres neien Stückes?«

Der Fremde sagt, er habe nur ganz allgemein, verstehen Sie, und so weiter.

»Oba bittä!«

Herr Parketöl lächelt vertrauenerweckend. Ihm gegenüber sollte man nicht so zurückhaltend sein.

Der Fremde versteht ihn nicht.

Er glaubt wirklich, daß er Daten für die Literaturgeschichte deponieren müsse.

»Ich wollte also den Konflikt schildern, der sich einerseits aus der Ueberspannung des Pflichtgefühls, andererseits aus menschlichen Leidenschaften …«

»Ah wos! Ah wos!«

»Wie?«

»Lieba Freind! Vor mir brauchen S' Ihnen oba wirklich keine Resärve aufzuerlegen!«

»Ja, ich verstehe nicht …«

»Also sagen S' ma nur dos: wöiche Ueberspanntheiten und von wöicher Regierung haben Sie geißeln wohlen?«

»Regierung?«

»Oba jo! Lieba Freind, net woah, das Publikum erwoatet von Ihnen dennoch eine gewisse Satire, etwas Pikantes, etwas Prickelndes …?«

»Sie wollten doch wissen, was ich in diesem Stücke …«

»No freili!«

»Wie gesagt, ich wollte in dramatischer Steigerung den Konflikt beruflicher und menschlicher Gefühle….«

»Jetz hören S' oba auf! Mir können Sie dos würklich sag'n, gegen wöiche Regierung Sie Ihre satierische Geißel geschwungen haben.«

»Davon ist in diesem Stücke also wirklich nicht …«

»Wem erzählen S' denn dos, lieba Freind? Wann i a Konflikt hamm will, net woa? Oder eine dramatische Steigerung, nachdem geh ich zum Schönherr Koarl oder zum Hofmannsthal, aber von Ihnen erwoatet man doch was anderes, so a bisserl wos Despektierliches. Hm?«

Der Fremde versteht nicht.

Obwohl ihm Herr Parketöl auf die Schulter klopft und mit jeder Minute herzlicher und familiärer wird, kommt ihm nichts Respektloses aus. Er kennt weder seine Rolle noch seine Pflicht gegen einen Zusammenkünftler.

Parketöl horcht angestrengt.

Jetzt? Jetzt?

Nichts.

Er geht niedergeschlagen weg.

Denn was hilft es ihm, daß er am selbigen Tag in die »Interessante Welt« schreibt, er habe den fremden Dichter in sprühender Laune angetroffen, und habe dieser auch sowohl bezugnehmend auf das neue Stück als im allgemeinen nach allen Seiten hin seiner bekannten Satire die Zügel schießen lassen.

Das glaubt ihm kein Zusammenkünftler, also kein Wiener. Er hätte was Prickelndes bringen müssen.

Die Halsenbuben

»Beim Halsen« heißt ein schöner Hof in Lenggries. In den sechziger Jahren hauste darauf der Quirinus Gerold mit seinem Weibe und zwei Söhnen.

Er war ein wohlhabender Mann, dem bares Geld im Kasten lag und der wohl an vierzig Stück Jungvieh zu Almen trieb.

Seine Söhne, der Halsen-Toni und der Blasi, waren im ganzen Isartale bekannt wegen ihrer Kraft und Verwegenheit.

Sie waren von gutem Schlage, hochgewachsene und breitbrustige Burschen. Und flink und lustig dazu. Es hätte ihnen jeder eine vergnügliche Zukunft voraussagen mögen; sie ist ihnen aber nicht geworden.

Denn alle zwei sind in jungen Jahren gefallen von Jägershand und sie starben im grünen Walde.

Zuerst der Blasi.

Das war im Jahre 1869 gegen den Herbst zu.

Da ist den Jägern in der Vorder-Riß eine Botschaft zugekommen, daß zur Nachtzeit ein Floß mit Wilderern und ihrer Beute die Isar herunterkommen werde.

Wie es auf den Abend zuging, sind die Jagdgehilfen von ihren Reviergängen heimgekommen und haben sich recht auffällig in der Wirtsstube des Forsthauses bei Essen und Trinken gütlich getan.

Denn es waren, wie immer, Flößer und Holzknechte als Gäste da, und vielleicht die meisten von ihnen waren Spießgesellen der Wilddiebe.

Darum haben sich die Jäger nichts merken lassen.

Nach ein paar Stunden sind sie einzeln aufgebrochen und haben sich freundlich Gute Nacht gewunschen, als wolle sich jeder friedlich aufs Ohr legen.

Auch die Flößer und Holzknechte haben sich entfernt; sie gingen in die Sägmühle, wo sie auf dem Heu übernachten wollten.

Die Lichter in der Wirtsstube sind ausgelöscht worden und das Forsthaus lag still und verschlafen in der finsteren Nacht.

Hinter einem Fenster des oberen Stockes brannte noch ein kleines Licht.

Denn die Frau Oberförster lag gerade um dieselbige Zeit in den Wehen und die Tölzer Hebamme wachte bei ihr.

Hie und da steckte der lange Herr Oberförster seinen Kopf zur Türe herein und fragte mit leiser Stimme, wie es um die Frau stünde.

Er machte ein ernstes Gesicht, denn diese Nacht quälten ihn manche Sorgen.

Wenn ihn die Hebamme beruhigte, ging er mit langen Schritten an das Gangfenster und lugte scharf in die Nacht hinaus.

Er sah etwas Dunkles auf der abschüssigen Wiese, die gegen die Isar hinunterführt. Das bewegte sich rasch und verschwand.

Einer von den Jagdgehilfen, die sich vorsichtig an den Fluß pürschten.

Eine Stunde und mehr verstrich.

Es war eine feierliche Stille, wie immer in dieser Einsamkeit.

Man hörte nichts als das Rauschen des Wassers.

Da blitzte auf einmal in der Sägmühle ein Licht auf und verschwand wieder, kam noch zweimal und erlosch.

Das war ein Zeichen, und alle scharfen Jägeraugen, die an der Isar wachten, erkannten es.

Einen Büchsenschuß oder zwei flußaufwärts liegt ein einsamer Bauernhof.

Man heißt es beim Ochsensitzer.

Da wurde jetzt auch ein Fenster hell, dreimal in gleichen Abständen.

»Bande, verfluchte!« brummte der Jagdgehilfe Glasl, der keine hundert Schritte davon entfernt hinter einer Fichte stand.

»I hab's wohl g'wißt, daß de wieder dabeisan.«

Und er horchte angestrengt in die Nacht hinaus.

Es war nichts zu hören, und lange war auch nichts zu sehen.

Da kam der Mond über die Berge herüber. Sein flimmerndes Licht fiel auf den Fluß, und immer länger dehnte sich der glitzernde Streifen aus und er ging in die Breite, bis zuletzt das ganze Tal angefüllt war von seinem Glanze.

Und jetzt konnte man einen Schatten sehen, der in der Mitte des Flusses mit Schnelligkeit dahinglitt.

Das waren sie.

Glasl faßte sein Gewehr fester und zog den Hahn über.

Das Floß kam näher.

Man hörte das Eintauchen des großen Steuerruders, und eine verhaltene Stimme rief:

»Besser rechts halt'n, Dammerl! Besser rechts! Mir treib'n z'nah zuawi.«

Glasl ließ das Floß vorbeigleiten und stellte sich so, daß er gegen den Mond sah.

Die Umrisse der an den Rudern Stehenden hoben sich vom lichten Hintergrunde ab, und der Jagdgehilfe konnte mit einiger Genauigkeit das Visier nehmen.

Er zielte kurz und feuerte.

Knapp und scharf antwortete das Echo auf den Schuß, dann brach sich der Hall und grollte das Tal entlang. Und weckte den schlafenden Wald.

Wildtauben flogen auf und Krähen schimpften.

Vom Wasser her kam ein unterdrückter Schrei, und ein kräftiger Fluch.

»S' werd eppa'r oan g'rissen hamm,« brummte der Glasl und schaute dem Floße nach.

Das fuhr mit unverminderter Schnelligkeit weiter.

Aber jetzt, ein, zwei, vier Schüsse; und wieder einer, und wieder ein paar.

Da blitzte es auf, dort brach ein Feuerstrahl aus dem Walde.

Ein paar Kugeln schlugen klatschend ins Wasser, aber andere trafen das Ziel.

»Wart's, Lumpen!« lachte der Glasl, »heunt habt's a schlecht's Wetter dawischt.«

Und er schoß den zweiten Lauf ab.

Die Wilderer antworteten auch mit Pulver und Blei.

Aber sie schossen nur aufs Geratewohl, während sie selber ein gutes Ziel boten.

Dazu mußten sie achthaben auf die starke Strömung und die Felsblöcke, welche hier zahlreich aus dem Wasser ragen.

Sie hielten stark an das rechte Ufer hin und glitten unter der Brücke durch.

Wie das Floß nun in einer Linie mit der Sägmühle war, stellten die Jäger das Feuern ein.

Der Glasl Thomas hatte sein Gewehr wieder geladen und schlich von Baum zu Baum das Ufer abwärts.

Er gab wohl acht, daß er nicht in das Mondlicht hinaustrat, damit ihn kein spähendes Auge erblicken konnte.

Nach einiger Zeit machte er halt und ahmte den Ruf der Eule nach.

Ein ähnlicher Laut antwortete ihm, und bald stand er in guter Deckung neben dem Jagdgehilfen Florian Heiß.

»Kreuz Teufi!« sagte Glasl und lachte still in sich hinein. »Flori, dös mal is was ganga.«

»Net z'weni,« erwiderte Heiß. »Bei Dein' erst'n Schuß hat's oan g'numma.«

»I hätt's aa g'moant.«

»Ganz g'wiß. I hab's g'sehg'n. Den Lackl am Ruader hint' hast 'naufbelzt.«

»Auf den hon i aa g'schossen,« sagte Glasl; »aber es wer'n no mehra troffen sei'.«

»Was laßt si sag'n? De Lump'n hamm viel Waldprat am Floß g'habt, und da wer'n sie si fleißi dahinter eini duckt hamm.«

»Mein zwoatn Schuß hab' i eahna da Längs nach eini pfiffa. Vielleicht hat der aa no a bissei was to.«

»Recht waar's scho,« gab Heiß zurück.

»Was tean mir jetzt?«

»Steh' bleib'n a Zeitlang, nacha pürsch'n mir uns hinter'm Ochsensitzer umi, und gengan über'n Steg. An der Bruck'n ob'n derf'n mir uns net sehg'n lassen.«

Sie blieben schweigend stehen.

Nach einer Weile stieß Glasl seinen Kameraden an.

»Da schaug abi!«

In der Sägmühle flammte ein Licht auf, und erschien bald an dem einen, bald an dem anderen Fenster.

»In der Sag' sans wach wor'n,« flüsterte Heiß.

»De hamm heut' no net g'schlafa, de Tropf'n,« erwiderte Glasl.

»Jetzt gengan mir.«

Sie pürschten leise weg in den Hochwald.

Im Forsthause war große Aufregung.

Die Schüsse hatten das Haus geweckt; die Dienstboten waren aufgestanden und hinausgeeilt. Im Krankenzimmer stellte sich die Hebamme erschrocken ans Fenster und horchte furchtsam auf den Lärm.

Die Frau Oberförster richtete sich unruhig im Bette auf.

»Was is? Was gibt's?«

»Nix, nix.«

»Hat's net g'schossen?«

»Na, Frau Oberförster, da hamm's Ihnen täuscht.«

Die Kranke ließ sich beschwichtigen; die müden Augen fielen ihr zu.

Da tönte wieder vom Flusse herauf ein scharfer Knall, und Schuß auf Schuß.

»Um Gottes willen!«

Die Kranke fuhr auf.

»Wo is mein Mann?«

»Regen's Ihnen net auf, Frau Oberförster! Er is daheim. Er is halt im Bett.«

»Er is drunten!«

»Wo?«

»An der Isar. Ganz g'wiß er is drunten!«

»Geh, geh! Was is denn?« sagte eine tiefe Stimme und der Oberförster trat in das Zimmer.

»Bist da, Max? Gott sei Lob und Dank!«

Die Kranke streckte ihm ihre kleine, abgemagerte Hand entgegen und ihre Augen leuchteten.

»Weil nur Du da bist!«

»Aber was hast denn, Mamale?«

»Ich hab' so Angst g'habt. So Angst. Gelt, Du gehst net weg?«

»I bleib scho bei Dir.«

»Wer schießt denn da?«

»Ah, desweg'n brauchst Dich net kümmern. Der Ochsensitzer hat si beschwert, daß die Hirsch'n alle Nacht in seiner Wiesen sind. Jetzt hab' i's heut vertreib'n lassen.«

»Max!«

»Was?«

»Warum bist Du heut' noch ganz anzog'n?«

»Der Kontrolleur von der Hinter-Riß war da. Mir sin a bissel länger sitzen blieb'n.«

»Jetzt gehst aber ins Bett? Gelt?«

»Ja, ich hab Schlaf. Aber hast Du kein' Angst mehr?«

»Nein.«

»Weg'n dem dummen Schießen?«

»Nein.«

»Ich hab' g'meint, sie vertreib'n de Hirsch a so. Ich hab' net denkt, daß g'schossen wer'n soll.«

»Das macht nix. Ich bin schon wieder ruhig.«

»Dann Gut' Nacht, Mamale!«

»Gut' Nacht, Max!«

Der Oberförster zog die Türe leise hinter sich zu und blieb horchend stehen.

Er schlich auf den Fußspitzen die Stiege hinunter und gab acht, daß keine Stufe knarrte.

An der Haustür kam ihm ein Bursche entgegen.

»Herr Oberförstner!«

»Red' staad, Kerl!«

»Sie möcht'n in d'Sag abi kemma. Es is an Unglück g'schehg'n.«

»Wem?«

»A so halt.«

»Dös erzählst mir im 'nuntergehn. Komm no glei mit!«

»I möcht gern …«

»Nix. Du gehst mit mir! Mit meine Dienstbot'n hast Du net z'reden!«

Sie schritten in die Nacht hinaus und gingen zur Säge hinunter.

Der Bursche voran.

»Also was is?« fragte der Oberförster.

»I hab' mir denkt, Sie wissen's scho.«

»Was soll ich wissen?«

»No ja. A so halt.«

»Wenn's D' net red'n magst, laß bleib'n. Hat Di der Müller g'schickt?«

»Ja.«

Sie waren vor der Säge angekommen.

Die Haustüre stand offen und aus einem Zimmer drang matter Lichtschein in den Gang hinaus.

Man hörte flüstern, dann setzten zwei weibliche Stimmen mit Beten ein.

Der Oberförster trat näher.

In der Mitte der Stube war auf zwei Stühlen die Leiche eines jungen Mannes aufgebahrt, der Kopf lag auf einem mit Heu gefüllten Sack gebettet.

Die erkalteten Hände hatte man zusammengelegt und darein ein kleines Kreuz gesteckt.

Es war ein unheimlicher Anblick in dem halbdunkeln Raume.

Der Oberförster sah auf das wachsgelbe Gesicht des Toten; es mochte hübsch und männlich gewesen sein; jetzt trug es die entstellenden Spuren eines gewaltsamen Endes und war schmerzlich verzogen.

»Wer is das, Mutter?« fragte der Oberförster.

»Der Halsenblasi, dem Halsen von Lenggries sein Aeltester.«

»Wie kommt der zu Euch?«

»Seine Kamerad'n hamm an abg'liefert.«

»Wann?«

»Voring. Mit'n Floß san's kemma.«

»San's no da?«

»Na, na! Sie san glei weiter g'fahr'n.«

»Warum hast Du mich holen lassen?«

»Es is no oaner bei mir. Der brauchat a Hülf.«

Die Mutter deutete mit dem Daumen auf die Nebenstube.

Der Oberförster ging hinein.

Da lag ein Mann auf dem Boden, in eine grobe Kotze gehüllt; unter den Kopf hatte man ihm ein Kissen geschoben.

Er wandte sein blasses, von einem starken Bart umrahmtes Gesicht den Eintretenden zu.

»Wo fehlt's?« fragte der Oberförster.

»Er is schwar g'schossen ober'm recht'n Knia,« sagte der Müller.

Und der Verwundete nickte zur Bestätigung.

»Is er verbund'n?«

»Sell wohl. Und an Einschuß hamm ma mit Pulver eig'rieb'n, daß 's Bluat'n aufg'hört hat.«

»Ja, der muß zum Doktor; so schnell wie möglich. I schick glei nach Lenggries.«

Der Verwundete schüttelte abwehrend den Kopf.

Dann sagte er mit schwacher Stimme:

»Vergelt's Gott, aber mir waar's liaba, wann's mi selber auf Lenggries bringet'n. Na waar i dahoam.«

»Ja, halt'st de Fahrt aus? Tuat's Dir net z' weh?«

»Na; i halt's scho aus. I möcht hoam.«

»Er is jung verheiret,« sagte der Müller.

»Ich leih ihm mein Wag'n. Recht gern; Ihr müaßt's 'n halt mit der Tragbahr zum Weg 'nauf bringen.«

»Jawohl, Herr Oberförster. Und vergelt's Gott dafür.«

»Wer is denn der arme Teufel?«

»Der Hag'n-Anderl von Lenggries.«

»Er werd' hoffentli wieder g'sund wern,« sagte der lange Forstmann und nickte dem Verwundeten zu.

Der schaute ihm verwundert und dankbar nach.

So menschlich geht es nicht immer ab unter Todfeinden.

Ein paar Stunden später fuhr der Hag'n-Anderl in weiche Betten gehüllt und gegen die Kälte geschützt auf Lenggries zu.

Die Pferde gingen im Schritt und der Knecht gab Obacht, daß der Wagen nicht über grobe Steine ging.

Hinterdrein kam ein anderes Fuhrwerk; ein Leiterwagen und darauf in Säcke eingenäht der Halsen-Blasi.

Und der hat kein Schütteln und Rütteln mehr gespürt.

Er ist mit vielen Ehren in Lenggries begraben worden; von weit her sind die Leute zum Leichenbegängnis gekommen.

Es ist ihm nachgerühmt worden, daß er so oft auf freier Pürsche war und seine Büchse in allen Revieren rings herum krachen ließ; und daß er nun starb wie ein rechter Wildschütz.

Die Burschen schworen, sie wollten es den Jägern heimzahlen; und der Bruder des Gefallenen, der Halsen-Toni, sagte, mehr wie **e i n** Grüner müsse dafür hingelegt werden.

Er ist aber selber ein paar Jahre später von einer Kugel getroffen worden.

Das erzähle ich ein anderes Mal.

Schneehendlpfeifen

»Jetzt zünd'n mir uns z'erscht a Pfeif' o, Ludwig; nacha will i Dir verzählen, wie mir amal in 's Schneehendlpfeifen ganga san.« Der Jagdgehilfe Glasl schob mir seinen Tabakbeutel herüber und ich nahm eine Handvoll von dem k. k. Rollenkanaster.

»Der Knaster is guat,« sagte er, »Dei Vata hat koan andern net g'raucht, und der hat g'wiß was verstanden.«

Der Glasl war nämlich vor bald vierzig Jahren unter meinem Vater als Jagdgehilfe in der Vorderriß angestellt worden.

Zuerst hat er seine Anerkennung erworben durch Schneidigkeit und Treue; nach und nach ist er dem wortkargen Oberförster ein Freund geworden und ist es geblieben, bis eines Tages der Herr Max Thoma in dem sieben Schuh langen Sarge auf den Friedhof getragen wurde.

Oder damit ich es recht sage, er ist ihm über den Tod hinaus anhänglich geblieben und weiß noch heute kein besseres Lob für eine Sache, als daß er ihr nachrühmt, sie hätte vermutlich dem alten Oberförster Thoma gefallen.

»Brennt's?« fragte der Glasl.

»Es brennt scho,« sagte ich.

»Nacha paß auf! Dös is g'wesen selbigsmal, wie Dei Muatta de kloa Luisel auf d' Welt bracht hat; anno 69 glaab i.

Also da hamm d'Lumpen an Bartel derschossen g'habt, vielleicht a halb's Jahr davor. Dös war a braver Mensch und a Jager von der ersterKlass'.

Den hamm a paar Jachenauer derschossen, wia 'r a auf 'n Vorderkopf aufi ganga is. Aus de Latschen raus und net weiter wia fünf Schritt. Der Bartel hat an G'wehrlauf g'sehg'n und schreit no: »Net schiaßen!«

Derweil hat's scho kracht und der Bartel hat de ganz Schrotladung droben g'habt. Es hat 'n im Schnall 'neig'haut, und an Xaver, der dabei g'wen is,han d' Latschennadeln in 's G'sicht g'spritzt, daß er im erschten Augenblick nix g'sehg'n hat. Wia 'r a si g'reicht hat, san d'Lumpen scho auf und davog'wen, und kennt hat er koan.

No, Dei Vater hat an Vadruß g'habt, wia 's an Bartel daher bracht hamm, maustot. Den saubern Burschen, den a jeder Mensch gern g'habt hat.

Bei der Untersuchung hat ma g'sehg'n, wia nah daß der Schuß g'wen is, weil 's Hemd vorn o'brennt war vom Papierpfropfen.

Mir hamm an Bartel in der Hinterriß ei'graben und der Pater Benno hat in der Leichenred' g'sagt, daß da Himmi den Mörder strafen werd'.

Mir hamm uns auf dös net verlassen und hamm uns denkt, a bisserl wern mir selber mit die Jachenauer z'sammrucken.

I hab' zum Heiß g'sagt, eh'nder freut mi koa Essen und Trinken nimma, bis i net oan von de Tropfen hi'g'legt hab'.

De Jachenauer hamm dös wohl g'spannt, daß de G'schicht nimma sauber is; ma hat nix mehr g'hört und nix mehr g'spürt, daß oana in 's Revier rei' waar.

Und lang hat si nix g'rührt.

Nacha am Matheistag, i woaß no wia heut, denk' i mir, an abg'schaffter Feiertag is, wo d' Bauern nix arbet'n; da darf ma zwoamal guat Obacht geb'n; und 's Wetta is aa so warm g'wen, daß i mit 'n Heiß ausg'macht hab', mir gengan an Berg aufi und probieren's mit 'n Schneehendelpfeifen. An Heiß is glei recht g'wen und mir san in aller Fruah weg.

's Marschieren is müahsam g'wen; der Schnee war no hoch und hat nimma recht tragen, weil da Südwind a paar Tag ganga is. Bei jeden Schritt bist einig'fallen samt de Schneereif und hast an Arbet g'habt, bis ma 'r an Haxen wieder außa bracht hat.

Um an achti bin i am Platz g'wen. Der Heiß is weiter drunt' blieben; i hab' mi auf da Schneid o'g'setzt und hab' schö staad umanand g'schaugt.

Ma siecht von den Platz aus in d' Jachenau abi und da is ma wieder der Bartel ei'g'fallen.

Mir san Spezl g'wen vo lang her und i hab' eahm de Stell bei Dein Vater zuabracht. Er hat mir koa Schand'nit g'macht de drei Jahr, wo er da g'wen is. Allawei fleißi im Deanst und nüachtern. In da dritten Woch' hat a scho a paar Tiroler abg'fangt und hat's vom Berg oba transportiert. A Scharnitzer is dabei g'wen, a Mordskerl a großer. Der hat si unter 'n Weg amal stellen wollen und waar nimma weiter ganga. Aber der Bartl hat 'n scho gangig g'macht; er hat 'n glei nieder'g'schlag'n, daß er d' Haxen in d' Höh g'reckt hat; nacha is der Tiroler wieder ganz handsam und fromm wor'n.

Dös is überhaupt das bescht', Ludwig. No net lang umschaug'n mit de Lumpen!

Und da Bartl is so oaner g'wen. G'redt ganz weni, aba scharf, wenn 's drauf o'kemma is.

Mit de Jachenauer hat 'r aa öfter was z'toa g'habt und desweg'n hamm 's 'n aa derschossen.

No, dös is mir all's a so ei'g'fallen, wia 'r i auf dem Platz g'hockt bi.

Z'letzt hon i mir denkt, jetzt muaß i 's do amal probier'n mit 'n Schneehendelpfeifen.

G'rad wia 'r i o'fanga will, siech i was unter meiner; a paar kloane Feichten rühren si und der Schnee fallt oba.

I schaug scharf abi und richti, glei d'rauf kimmt a Kerl aus 'n Dicket mit an — g'schwärzten G'sicht.

So, denk' i mir, Manndei, da schau her! Du kimmst ma jetzt g'rad recht.

I rühr' mi net und wart', was der Lump eppa tuat. Er bleibt steh' und luxt umanand; nacha steigt a wieder gegen mi aufa und bleibt wieder steh' und stroaft an Schnee von sein G'wehrlauf oba.

I hab' glei g'moant, i müaßt 'n kenna nach da Figur. A großer Kamerad mit eckete Schultern, und Pratzen so groß, daß ma 'r an halbeten Tisch hätt' zuadecken könna damit. Wenn dös net da Sagschneider Blasi is, denk' i mir, nacha bin i net da Glasl. Und der sell Blasi is an ausg'machter Lump g'wen. Tag und Nacht im Revier, und glei firti mit 'n Schiaßen.

Daß der mit dabei g'wen is, wia 's an Bartl durchto hamm, des sell hon i nia anderst glaabt.

Wenn i an Kugellauf dabei g'habt hätt', nacha hätt' i glei abi g'schossen d'rauf. Aba 'r a so hon i warten müassen, und hab' mi ganz staad g'hebt. Er steigt allawei höcher und jetzt hon i schon kennt, wo er hi will. Hinter meiner is a guata Wechsel g'wen. Da hätt' er si vielleicht o'setzen mög'n, und weil er allaweil umg'schaugt hat, san g'wiß no a paar dabei g'wen; de hätt'n eahm trieben.

Er kimmt allawei nächer — warum rauchst denn nit, Ludwig?«

»Mir is d' Pfeif' ausganga.«

»Ja, da muaßt öfter o'zünden, der Knaster löscht gern aus, aba sinscht is er guat. Brennt's?«

»Brennt scho,« sagte ich.

»Also der Lump kimmt allawei nächer, und i hab'n schnaufen g'hört. Er hat si aa plag'n müassen. Auf dreiß'g Schritt hab' i'n herlassen; nacha fahr i auf und pumms! schiaß i eahm mitten in's G'friß.

Den hat 's umg'legt. Er fallt streckterlängs in Schnee eini und rührt si net.

Manndei, denk' i mir, jetzt woaßt aa, wia 's is. I bin aber net von mein Platz weg, weil i g'moant hab', es kunnt no oaner nachkemma.

Es dauert net lang, pfeift der Heiß. I gib eahm staad o, und er pürscht si zuawa.

»Host a Hendl?« fragt er.

»Ja,« sag' i.

»Wo is denn?«

»Da drunt flackt 's,« sag i, und er schaugt abi und siecht den Lumpen. Da pfeift er durch die Zähn' und lacht.

»So,« sagt er, »aba 'r a bissel groß is.«

»Jetzt bleib do, Heiß,« sag i, »i glaab allawei, der is net alloa g'wen. Sei no grad staad!«

I lad' mein Schrotlauf wieder, und der Heiß setzt si neben meiner.

Auf oamal hör'n ma huppen, net laut. Aba Du woaßt ja, Ludwig, wenn da Schnee liegt, hörst no mal so guat.

I gib an Heiß mit'n Ellabog'n an Renner, und er blinzelt mi o.

»Hu-upp,« tuat's wieder. Oamal links weiter drunt, nacha weiter heroben rechts.

Jetzt siech i zwoa, drei, vier Kerl aus 'n Dicket kemma.

»Vieri,« sagt der Heiß ganz staad, »Herrgottsackerament, wenn ma no gröbere Schröt dabei hätt'n, oder gar a Kugel!«

»Laß Da Zeit,« sag i, »wenn's den andern flacken sehg'n, gengan's vielleicht zuawi.«

So is a g'wen.

Oana von de vieri bleibt auf oamal steh und schaugt.

Pst! macht a.

De andern halten, und er deut'aufi, zu dem Platz, wo der g'leg'n is.

Aber so schlau san's do g'wen, daß's net schnurg'rad drauf zua san. Sie verteilen si, und ziag'n si wieder ins Dicket z'ruck, und kemman in an Halbbogen aufa.

»Jetzt,« sag i, »Heiß, schaug Du links umi, i nimm de, wo rechts kemman. Schiaß net z'bald; von de Lumpen hat g'wiß oana 'r an Kugellauf dabei. Mir müassen schaug'n, daß ma zwoa hi'legen. Nacha is d' Rechnung gleichauf.«

Es dauert a halbe Stund. Hie und da hör' i an Astl, aber g'sehg'n hat man nix.

Jetzt san's heroben.

Von oan siech i d' Haxen; er schiabt de Aest auf d' Seiten und halt an Grind außa und horcht. Der Heiß und i, mir rühren uns net. Zum Schiaßen is no z'weit g'wen.

Wia der Lump nix hört, kimmt er ganz außa und geht auf den andern hi, der im Schnee flackt.

I ziag ganz staad auf. Dawei schnallt's beim Heiß und oana schreit.

Jetzt hat's pressiert.

Z'sammschaug'n und schiaßen is bei mir oans g'wen, und den mein' hat's g'rissen.

Von de andern zwoa hamm ma nix mehr g'sehg'n; aber g'rumpelt hat's links und rechts; de san schnell abi über 'n Berg.

»Drei hamm ma,« sagt der Heiß.

Und richtig is der im Schnee g'hockt, den wo er aufi g'schossen hat.

»Jetzt mach'n ma, daß ma weiter kemma,« sag i, »mir lassen uns net sehg'n, und de andren hol'n eahnere Kameraden scho.«

Mir san z'ruckpürscht und abi; dös is g'schwind ganga, Ludwig.

Wia ma drunt g'wen san, sag' i zum Heiß: »Jetzt mach'n ma 'r an Umweg und gengan über d' Isar und kemman von der andern Seit'n hoam. Da woaß nacha koa Mensch nix, daß mir zwoa da herob'n g'wen san.«

Dös hamm mir aa to. Mi san no zwoa Stund umganga und san auf den Weg, der von da Hinterriß eina führt. Wia ma auf der Straßen san, kimmt hinter uns a Schlitten daher.

Der Pater Benno is droben g'sessen und no a Kapuziner.

»Heiß,« sag i, »jetzt feit si nix mehr.«

Wia da Schlitten bei uns is, grüaß'n mir, und i fang glei an Dischkurs o mit 'n Pater Benno.

Grüaß Gott und wohi, was ma so sagt.

»Waren Sie schon auf der Jagd?« fragt der Pater.

»Ja,« sag i, »mir kemman g'rad von Scharfreiter.«

»Das seh' ich,« sagt er, und »ein warmer Tag heute,« sagt er. »Is besser aa,« sag' i, »Matheis bricht's Eis, hat er koans, na macht er oans.«

»Ja, ja,« sagt er, und »adieu«!

Und nacha draht er sie no mal um und fragt: »Von den Mördern des Bartel hat man noch immer keine Spur?«

»Na,« sag' i, »jetzt wer'n ma 'r a kaam mehr was raus kriag'n. Es is scho z'lang her.«

»Dem Strafgericht Gottes entrinnen sie nicht,« sagt er.

»Hoffentli,« sag' i, und hab' ma was denkt.

Der Gaul ziagt o, und weg san 's.

»Heiß,« hab' i g'sagt, »jetzt hamm ma glei gar an geischtlichen Zeug'n, daß mir auf der andern Seiten war'n.«

Es is aba nix raus kemma, und mir hamm an Herrn Pater Benno z'letzt gar nimma braucht.«

»Und was is mit die Jachenauer worn?« fragte ich.

»De? No, der Bader hat viel Arbet g'habt und der Dokta vo Mittenwald aa.

G'storben is koana; net amal der Sagschneider Blasi; aba der hat 's G'hör verloren. So viel hamm eahm de Schröt do g'macht. Und koan Jagdg'hilfen hat der nimma derschossen. Von de andern zwoa is später oana selber Jagdg'hilf wor'n und is elend z'grund ganga, auf da Benediktenwand. Ma hat'n g'funden unter an Haufen Stoana; in der Brust hat er an Schuß g'habt, aber net so schwaar, daß er glei tot g'wen is. Da san d'Lumpen herganga und hamm an mit Felsbrocken zuadeckt, daß er langsam krepiert is.«

»Ah, Herrgottsakrament!«

»Ja, Ludwig, dös is a scharfe Zeit g'wen in de sechz'ger Jahre. Da san im Isarwinkel hint' viel Leut in da G'schwindigkeit umi g'roast, ohne Reu' und Leid.«

Die Wilderer

Verlag Albert Langen, München

Das Dorf Biberwiehr liegt in Tirol, an der Straße, die über den Fernpaß in das Inntal führt.

Die Einwohner sind kleine Bauern; der Reichste hat so ein Dutzend Kühe im Stall.

Von der Viehzucht leben sie, schlecht und recht und in harter Arbeit. Ebenes Land ist nicht viel vorhanden und das meiste Gras müssen sie von den Hängen an der Sonnspitze herunterholen.

Es sind magere, unansehnliche Leute; nicht so, wie man die Tiroler gewöhnlich malt. Auch sind sie nicht so lustig, wie man das öfter liest.

Singen tun sie nicht; tanzen wohl auch nicht viel, und wenn sie eine Unterhaltung führen, geschieht es sonderbar ruhig.

Jeder denkt, daß man leicht zu viel redet, und auch, daß keiner so dumm ist, seine wahre Meinung zu sagen.

Nebendem sind die Biberwiehrer fromme Menschen, arg katholisch.

Sie sind es noch heute; aber vor siebenzig Jahren und so herum muß es ganz stark gewesen sein.

Und in der Zeit hat sich diese Geschichte zugetragen.

Also es war Fronleichnam, sagen wir anno 1834.

Ein schöner Junimorgen, glockenhell. Nichts wie blauer Himmel über den steilen Wänden des Wettersteins und über dem waldigen Rücken des David.

Klare Luft und gelber Sonnenschein; ein Wetter, das einen feierlich stimmt selbst an mühsamen Werktagen.

Wie noch mehr, wenn die Arbeit ruht und alle Dinge einen festlichen Anstrich haben!

Und das hatten sie.

Bunte Altäre waren in den Wiesen aufgebaut, die Wege waren mit Gras bestreut, und im Dorfe standen vor jedem Hause lichtgrüne Birken. Aus den Fenstern hingen rote Tücher, und alle Häuser waren mit frommen Bildern geschmückt.

Die Böller krachten und schickten das Echo in die Berge hinein.

In Leermoos und Ehrwald blieben sie die Antwort nicht schuldig und schossen nicht minder eifrig den heiligen Tag an.

Aus der Kirche zogen nun in langer Prozession die Biberwiehrer, Männer, Weiber und Kinder.

In der Mitte ging unter dem roten Himmel der hochwürdige Herr Pfarrer, angetan mit einem goldglitzernden Gewande und in Weihrauchwolken eingehüllt.

Den Himmel trugen die vier ehrbarsten Männer des Dorfes, darunter der Schreinermeister Jakob Holzweber.

Dann kamen die Behörden: der Herr Posthalter, zwei Grenzaufseher und drei Gendarmen. Sie trugen brennende Kerzen in den Händen und zeigten sich gottergeben und mit Frömmigkeit erfüllt.

Denn das war so der Brauch und die Forderung der Zeit. Mit Gottes Hilfe wird es auch wieder so kommen.

Die Prozession zog durch das Dorf, in die Felder hinaus.

So war es ein liebliches Bild. Die geputzten Menschen, die flatternden Fahnen; bunte Farben im Grünen.

Wo ein Altar stand, da hielten sie; die Gebete verstummten, und in der tiefen Stille las der hochwürdige Herr das Evangelium.

»*Do—ho—hominus vo—ho—biscum!*«

Seine fette Stimme klang über die Menge hin.

Die bekreuzte sich andächtig zu den fremden Worten und fiel auf die Knie, als der Geistliche die Monstranz zum Himmel hob.

Der Jakob Holzweber hielt ehrfürchtig den Hut vor das Gesicht und wisperte seinem Nachbar zu:

»Peter, da spür ich woltern ein starken Hirsch. Der hat Tritt! Schaug sell hin!«

Die Himmeltrager knieten zunächst dem Altar am Straßenrand, und da sah man auf dem feuchten Boden einige Hirschfährten.

Das heißt, wenn man die guten Augen vom Holzweber hatte, oder vom Peter Hosp, der sie gleichfalls bemerkte und dem Jakl zublinzelte.

»*A—ha—ha—men!*« sang der Schullehrer und das letzte Evangelium war vorüber.

Die vier ehrbarsten Männer des Dorfes hoben den schwankenden Baldachin auf, der Pfarrer schritt darunter hin.

Heimwärts zu, denn jetzt war die heilige Handlung zum Ende gekommen.

Zwei Wirtshäuser waren in Biberwiehr, und in jedem schenkte man einen guten Landwein; zehn Kreuzer das Viertele.

Aber in keines ging der Jakob Holzweber. Obwohl ihn der Posthalter darum anredete und ihn freundlich einlud.

»Ich kann nit,« sagt der Jakl, »Du weißt selm, daß mei Frau nit ganz guet ischt; an anderesmal, Posthalter.«

Damit ging er vorbei und bog beim Schmied in den Feldweg ein.

Mittenwegs holte ihn der Hosp ein, und weil ein paar Weiber in Rufnähe waren, redeten sie über das schöne Wetter und den guten Verlauf der heutigen Frömmigkeit.

»Es war heilig schön,« meinte der Jakob, »und so viel andächtig.«

»Und so viel andächtig, ja, ja!«

»Was isch, Peter?« fragte er, wie jetzt die Frauenzimmer weit genug weg waren.

»Von die Jäger war nit ein einziger da,« sagte der Hosp.

»Ich weiß wohl.«

»Der Kasper hat sie g'wahrt, wie sie in aller Früh über die Kapellen hinaus sind.«

»Die sein am Seeben, und der Reif paßt am Koppen. Mei Bueb isch im Leitnerstadel drein g'sessen und hat acht auf ihn 'geben.«

»Peter, mir geh'n ins Bayrische nüber.«

»Es isch woltern g'fährlich, Jakl.«

»Nit, wann man's richtig angeht.«

»Jakl, das letztemal is auf ein Haar krumm gangen.«

»Sell woll, und es is so g'wesen, wie i g'sagt hab. Wann der Kasper mir g'folgt hätt, wär' alles besser gangen. So hamm mir den Gamsbock hinten lassen müssen.«

»Ja, ja,« brummte der Peter, »der Mensch is so viel hitzig; schiaßt er nit am helliachten Tag no a mol! Zu viel g'wagt, is leicht verspielt.«

»Heut geh'n wir's anderst an, Peter. Auf den Abend sein mir in der Schanz; der Seppel und der Kasper geh'n voraus und warten am Lehner bei der einschichtigen Lerchen. Der Mond kummt um elf Uhr, da kriag'n mir das schönste Liacht.«

»Der Weg is weit, Jakl, und länger wie zwei Tag kann i nit bleiben.«

»Sell isch lang g'nua. Zwei und drei Hirsch hamm mir schnell. I wart bei der Schanz.«

»Also i komm,« sagte der Peter und ging rechts ab, gegen sein Haus.

Bei der Türe drehte er sich um und rief:

»Jakele, um zwei isch der Rosenkranz.«

Der Holzweber blieb stehen und gab recht freundlich zurück:

»I weiß woll, Peter. Guet Morge!«

So lange man's denkt, waren die Hohenreiner bayrische Forstleute. Eine gute Jagdrasse, von einem Geschlecht zum andern rein gezüchtet.

Kam einer zu Jahren, dann heiratete er ein frisches Bauernmädel und kriegte gesunde Buben.

Die wuchsen in den einsamen Forsthäusern heran wie junge Schweißhunde. Alle Sinne geschärft für das Weidwerk, dem sie vom ersten Tage an zugehörten; vom Vater in guter Lehre gehalten, scharf und eifrig im Beruf, sonst umgängliche Menschen, die gern einmal lustig waren.

In Griesen saß ein Max Hohenreiner; der hatte wieder zwei Buben.

Der älteste, auch Max mit Namen, war in Garmisch als Forstgehilfe stationiert, der zweite, der Anderl, saß daheim und wartete auf die Anstellung.

Der Vater konnte ihn wohl verwenden, denn das Revier war groß, und Lumpen gab es genug.

Der Anderl war wie alle Hohenreiner. Ein langbeiniger Kerl, scharfäugig und flink. Rotbraune Haare, die keinen Strich annahmen, die Nase leicht gebogen und mit Sommersprossen bedeckt, wie auch das bartfreie Gesicht.

Also kein bildsauberer Bursch, aber doch einer, dem die Mädeln gut sein konnten, wenn er Zeit für sie hatte.

Und das war nicht viel, denn der Herr Vater rauchte keinen guten im Dienst.

Am Fronleichnamstag, von dem ich erzähle, war der Anderl auf der

Frühpürsch gewesen und machte sich jetzt auf den Heimweg.

Der feine Tag gefiel ihm; er setzte sich auf einen Stock und schaute das waldige Tal hinunter, welches sich von Griesen gegen Garmisch erstreckt.

Ein leichter Frühnebel lag über dem Loisachufer und kroch in halber Baumhöhe die Wälder entlang.

Volles Sonnenlicht lag auf den Felsen der Zugspitze, die heute merkwürdig klar in den Himmel ragte.

Den Anderl überkam ein rechtes Behagen an dieser Schönheit, und er schaute freudig ringsherum. Dabei ließ er die stete Vorsicht des Jägers nicht außer acht und vermied alles Geräusch und jede hastige Bewegung.

Auf einmal tauchte so hundert Schritte unter ihm ein roter Fleck auf.

Ein Reh, das sich zwischen den Tannenboschen langsam bewegte und hier und dort an den frischgrünen Trieben äste.

Gespannt schaute der Anderl hinunter. Da zog das Reh weiter nach links; der Grind wurde frei.

Herrgottsaggerament! Ein Bock! Und was für einer! Gut Ding handbreit über die Luser reckte sich das Gewicht, dunkel, die Spitzen aber blitzten hellicht herauf. Der Anderl zog auf, lautlos; den Daumen am Hahn, den Zeigefinger am Drücker.

Der Wind war nicht gut, er ging von oben herunter, wie allemal an schönen Tagen.

Und weiß der Teufel, da hatte ihn der Bock schon gewindet und äugte herauf. Dann sprang er weg.

Nicht in voller Flucht, aber doch so, daß man die Unruhe merkte. Ein paar Sprünge, und er wäre im Dickicht verschwunden.

Da wußte sich der Anderl noch ein Mittel. Er stieß einen leisen Pfiff aus.

Der Bock den Pfiff hören und verhoffen war eins.

Diesmal äugte er schärfer herauf, schnurgerade auf den Anderl hin.

Nur einen Augenblick, aber lange genug.

Der Schuß krachte; der Bock schlug mit den hintern Läufen aus und sprang abwärts in das Dickicht hinein, daß die Steine flogen. Dann war es still.

»Saggera,« sagte der Anderl, »den hab i woadwund g'schossen. Nachgeh' derf i eahm gar net; jetzt muaß i's scho lassen, wia's is.«

Er rückte den Hut aus der Stirne und schaute nachdenklich auf die Stelle hinunter, wo der Bock gestanden hatte.

Dann legte er die Büchse wieder an und zielte.

»Grad um a Ruckerl war's z'toa g'wen. A bissel weiter, wenn i vorn' ablass', lieget der do. Jetzt gibt's a lange Suach, und der Alt werd' aa net schlecht schimpfa.«

Er stand auf und pürschte leise weg.

Schritt für Schritt, und mit großer Achtsamkeit stieg er bergab, damit ihn der kranke Bock nicht vernehme und noch einmal hoch würde.

Wie er so eine Viertelstunde lang gegangen war, trat plötzlich rechts neben ihm ein baumlanger Mensch aus dem Hochholz auf ihn zu.

Ein alter Kerl, verwittert wie ein Tannenbaum. In dem braunroten Gesichte, noch mehr aber in dem lederfarbenen Halse waren scharfe Furchen, als hätte man sie mit dem Messer hineingeschnitten.

Ein Raubvogelgesicht; die scharfgebogene Nase hing über den buschigen weißen Schnurrbart, dessen Haare sich wie Federn sträubten.

Kalte, graue Augen mit kleinen Pupillen, die sich ruhig aber scharf auf einen Gegenstand richteten, nicht hin und her fuhren und Gedanken verrieten. Wer den alten Burschen sah, mußte erkennen, daß er schon lange in des Herrgotts grünem Walde herumrevierte.

Und das war auch nicht daneben geraten.

Denn der Jagdgehilfe Lorenz Sprengelsperger tat schon über vierzig Jahre Dienst, und er hatte wahrhaftig nicht alle Nächte im Bette geschlafen.

»Ah, der Lenzei!« rief Anderl und nickte dem Alten freundlich zu.

Der erwiderte den Gruß und fragte:

»Hast auf an Bock g'schossen, Anderl?«

»Ja.«

»Auf der Roaner Leiten, gel?«

»Ja, auf der Roaner Leiten.«

»Aufklaubt hast'n net?«

»Na, woadwund hab' i 'n g'schossen, den Herrgottsaggerament,« sagte der Anderl eifrig, »a Mordstrumm Sechserbock is. Aba woaßt scho, wia's oft geht; er is ma z'schnell uma. Grad halt no, daß i z'schiaßen kemma bi. Da hab i's um a Handbroat z'weit hint' schnallen lassen.«

»Hat's 'n a bissel z'sammg'rissen?«

»Ja, und mit de hinteren Läuf hat a 's Zoacha geben.«

»Do, da kriag'n ma'n scho, Anderl. Der is net weit g'sprunga. Mir genga jetzt mitanand hoam und hol'n mein Pürschei[A]. Der führt ins am Schwoaß, daß 's nix Schöners net gibt.«

»Vom Alten wer i an Schnaps[B] kriag'n,« meinte Anderl.

Der Sprengelsperger schmunzelte ein wenig und sagte:

»Ah was! Dös is eahm aa scho passiert; aba jetzt geh ma, i ho Zeit, daß i hoam kimm.«

Sie erreichten bald die Garmischer Straße und schritten rüstig gegen Griesen zu.

»Wo bist denn Du herkemma?« fragte Anderl.

»Ueber d' Laaber G'schwend bin i einag'stiegen, und waar schö staad hoam. Da hon i Dein Schuß g'hört und bi eahm nachganga.«

»Hast eppa gar glaabt, es waar a Lump um an Weg?«

»No, ma woaß net.«

»Jetzt da herin traut sie ja do koaner z'schiaßen! So nah bei der Straßen!«

»Moana sollt'st das! Aba de Luada san jetzt so frech wor'n, daß all'ssamt mögli waar.«

»Hast wieder oa g'spürt?«

»G'spürt? Ja, g'spürt! Auf drei Büchsenschuß bin i dro g'wen. Und wenn nit da Teufi sei G'spiel dabei g'habt hätt, nacha hätt' oana mei g'hört.«

»In da G'schwend hinten?«

»Ja, de vorig Woch'. Beim helliachten Tag, in da Fruah um simmi! I steh obern Holzer Schlag; da fallt hinter meiner a Schuß. Du woaßt ja, wo de Graßlerwand an Eck einamacht? Hinter dera is g'wen. Ich glei umi, wia da Teufi, über d' Reißen; aba da hat mi scho oana g'spannt. I hör an Pfiff, und wia'r i übers Wandl umi kimm, siach i grad no, a vierhundert Schritt unter meiner, wia'r oana in d'Latschen einispringt. Aufziag'n und schiaßen is oans g'wen, aber treffa hon i 'n net kinna. Es is ja oamol z'weit g'wen. Jetzt schau Di o, a solchene Frechheit!«

»Herrgott, do wenn i dabei g'wen waar!« sagte der Anderl.

»Hättst 'n aa nimmer dawischt. Der Lump hat z'viel Vorsprung g'habt. Und es san aa mehra beinand g'wen, so Tiroler Spitzbuam.«

»De Lumpen, de vadächtigen,« stimmte Anderl bei.

»Woaßt, wia'r i abikimm,« fuhr der Sprengelsperger fort, »liegt a Gambsgoaß da. 's Kreuz hamm 's ihr a'gschossen. Aba mir kemma scho no amol z'samm, und nacha geht's anderst. Mi soll da Teufi lotweis holen, wenn i net oan 'naufschiaß, daß er flacken bleibt auf da Votzen. Den leg i um, oder i ho's no nia to!«

So zornig war der Sprengelsperger geworden, daß ihm die Pfeife ausging. Er blieb stehen und zündete sie wieder an und blies den Rauch links und rechts durch den Schnurrbart hinaus.

Und dazwischen kamen wieder ehrende Namen für die glaubenstreuen Tiroler, »de Hund de miserabligen, de ganz schlechten.«

Der Anderl nickte beistimmend mit dem Kopfe und hörte dem Alten zu.

Aber doch nur mit geteilter Aufmerksamkeit, denn er sah weiter vorne ein Frauenzimmer des Weges kommen und dachte, wer es wohl sein könnte.

»De Lumpenbande, de ausg'schamte!« sagte der Sprengelsperger, und setzte sich wieder in Gang.

Und achtete in seinem Eifer nicht auf das Weibsbild, welches jetzt nahe herankam.

Desto besser spitzte der Anderl hinüber, was ihm nicht zu verübeln war. Das Mädel hätte sich jeder angeschaut.

Kein Gesicht wie Milch und Blut, ziemlich grobe Züge, aber Brust und Hüften im besten Stand.

Und wie sie den sinnlichen Mund zu einem Lachen verzog, sah man die weißen Zähne, einen am andern.

»Di sollt' i kenna, Deandl,« sagte der Anderl, und blieb stehen.

»A wengei kennst mi scho,« sagte das Mädel und lachte wieder.

»Hamm mir net am Garmischer Markt beim Husarenwirt tanzt?«

»Ja.«

»Gel, i ho mir's do glei denkt. So was saubers vergißt ma net.«

»Geh, hör' auf! Hast lang gnua braucht, bis Dir ei'g'fallen is.«

»Na, na, Deandl,« versicherte der Anderl eifrig, »mi hat's grad 'blend, wia'st a so resch daher kemma bist. Wia kimmst denn Du da eina?«

»Auf de Buachwieser Alm kimm i. Da bin i z'erscht zu enk eini, auf Griesen.«

»Gehst grad a so auf d'Alm?«

»Na, i mach' heuer d'Sennerin droben.«

»Was? Ja, Herrgott! Du, do kimm i fei aufi zu Dir.«

»Vo mir aus.«

»Laßt mi eini, bal i klopf' bei der Nacht?«

»Bei der Nacht schlaf i,« sagte das Mädel und streifte den strammen Burschen mit einem Blick, der ihm alles Gute versprach.

Der Anderl blinzelte lustig mit den Augen.

»I weck Di schon auf,« sagte er, »aba jetzt pfüat Di Good, i muaß geh.«

»I hon aa koa Zeit mehr,« gab sie zurück, »pfüat Di!«

Sie drehte um und ging.

Und was sie von rückwärts zeigte, war auch nicht schlecht. Die Röcke flogen, einmal rechts, einmal links, und der Anderl rief ihr nach:

»Laß mi net z'lang warten bei der Nacht! Es is no kalt.«

Und sie antwortete mit einem fröhlichen Lachen.

Jetzt machte der Anderl kehrt und eilte dem Sprengelsperger nach.

Den hatte die Begegnung nicht gestört in seinen Gedanken; er zog noch grimmig an seiner Pfeife und sagte nach einiger Zeit:

»Oan leg' i um von dena Herrgottsaggerament. Dös woaß i g'wiß.«

Der Anderl hörte es nicht; er dachte an etwas anderes.

»Schön hoch is am Berg, und eb'n is am Land, Und a almerisch Deandl hat Holz bei der Wand.«

»Dös hot's aber aa,« wiederholte er in Gedanken, und griff mit seinen langen Beinen aus.

Da schimmerte rechts vom Wege etwas Weißes aus dem Walde heraus. Es war das Forsthaus Griesen, welches außen so freundlich und sauber erschien wie innen.

Hier grüßte von allen Wänden des edle Weidwerk. Im Hausflur der Gewehrrahmen mit einer stattlichen Reihe von Büchsen; daneben Schneereifen, Tellereisen und Entenfallen; in den Zimmern hing ein Hirschgeweih neben dem andern; dazwischen Rehgewichtel und Gamskrikeln, die meisten gut; nur selten ein geringes darunter.

Ausnehmend behaglich war die Wohnstube. Der gescheuerte Tisch, die kleinen schneeweißen Vorhänge gaben der Frau Förster kein schlechteres Zeugnis als die wohlgepflegten Blumenstöcke an den Fenstern.

Doch wer ihr Schaffen recht würdigen wollte, mußte in die Küche gehen und das blinkende Geschirr sehen.

Da hing alles am rechten Platze, Kessel und Pfannen, und vor dem reinlichen Herde stand eine kleine Frau, aus deren Gesichte ein Paar blanke ehrliche Augen sahen.

Die Haare waren schon grau, aber die flinken Hände ließen nicht an Alter und Gebrechlichkeit denken.

Es war ihr gut zusehen beim Arbeiten; und das mochte auch der Herr Förster denken, welcher breitbeinig unter der Türe stand und die Hände hinter dem Rücken zusammenlegte.

Er hatte eine behagliche Müdigkeit und einen scharfen Hunger heimgebracht.

»So is recht, Muatta,« sagte er aufmunternd, »koch ma no an großen Teller voll Voressen; i wer scho firti damit.«

»Kimmt der Anderl net hoam?« fragte seine Frau entgegen.

»I denk wohl. An Schuß hab i aa g'hört. Dös muaß er g'wesen sei. Ach, do is er scho.«

»No, was is?« wandte er sich an den Anderl, der eben eintrat und Hut und Büchse an den Rahmen hing.

»Grüaß Gott, Vata! A Bock is, aba z'erscht müaß'n ma'n suacha. Grüaß Di Gott, Muatta! Was kochst denn auf?«

»Dös is bei Dir allaweil 's erst,« erwiderte die Alte und gab dem Burschen lachend die Hand.

»No, und warum hast den Bock net kriagt?« mischte sich der Vater wieder ein. »Wo hast'n denn hi'g'schossen?«

Der Anderl kratzte sich verlegen hinter dem Ohre.

»I glaab schier gar, a bissel woadwund.«

»Bist halt a Patzer, solang'st warm bist. Hast Da halt wieder amal net Zeit lassen?«

»I hab scho koa Zeit g'habt. Dös hat g'schwind geh' müassen. Aber da Sprengelsperger moant aa, mir hamm an schnell mit'n Hund.«

»Is denn da Sprengelsperger bei Dir g'wen?«

»Na, aba 'r an Schuß is er nachganga.«

»So, is er jetzt dahoam?«

»Ja, drent in sein Stübl. Er wird glei umakemma.«

Der Anderl winkte seinem Vater verstohlen mit den Augen. Er durfte vor der Mutter nichts erzählen von den Wilderern.

Die Frauenzimmer sind immer gleich ängstlich, und dann können sie ein Geheimnis erst recht nicht halten.

»Ja, geh ma'r in d' Stuab'n,« sagte der Förster, »d'Muatta bringt uns nacha 's Essen eini.«

Er ging voran und gab acht, daß Anderl die Türe hinter sich schloß.

»Was gibt's?« fragte er dann kurz.

»Der Sprengelsperger hat auf an Lumpen g'schossen.«

»Hat er'n umg'legt?«

»Na; es is viel z'weit g'wen.«

»Wo hat er'n auftroffa?«

»Beim Holzer Schlag. Es san eahna mehra g'wen.«

»Beim Holzer Schlag? Mitten im Revier hierin? Ja, da soll ja do scho glei...«

»Sei staad, Vata! D' Muatta kimmt.«

Die Frau Förster brachte das Essen herein und stellte es auf den Tisch.

Es entging ihr nicht, daß mit dem Alten eine Veränderung vorgegangen war.

»Was machst denn auf oamal für a G'sicht?« fragte sie.

»Ah was! Wenn der Kamerad an Bock wieder woadwund schießt! Konn i mi scho ärgern!«

»So, wegen dem Bock?« Sie sah ihren Mann mißtrauisch an.

Der zog den Teller näher zu sich und fing recht unbefangen das Löffeln an.

Die Frau Förster wußte, daß sie mit Fragen zu nichts komme, und ging zur Türe.

»Der Sprengelsperger is draußen,« sagte sie.

»Soll a no glei einakemma!« rief der Förster eifrig.

»Aha! Jetzt woaß i, daß wieder was los is,« meinte die Alte.

»Ah, was Da Du allaweil ei'bildst! Nix is los. He, Lenzei, kimm eina!«

Der Sprengelsperger erschien unter der Türe, und als ihn der Förster so auffällig vor seiner Frau fragte, was er zu melden habe, da wußte er gleich Bescheid.

Und auf eine Lüge hatte er sich nie besinnen müssen, solange er reden konnte. Er stellte sich hin und sagte mit einem recht überzeugenden Pflichteifer:

»Herr Förster, einen recht einen schönen Gruß soll ich ausrichten vom Herrn Oberförster. Und ob der Herr Förster net mit'n Herrn Oberförster morgen z'sammkomma will am Oachlköpfi hint', weil der Herr Oberförster einen Bock schießen möcht, hat er g'sagt.«

»Dös is aba fad!« meinte der Förster, »grad morg'n is ma z'wida. Wo hat denn Di der Teufi mit'n Oberförster z'sammbracht?«

Er durfte die Frage riskieren, denn er kannte seinen Sprengelsperger und wußte, daß den kein Beichtvater in Verlegenheit bringen konnte.

»Beim Buachwiaser Eck hab' i 'n troffa. Er is vo Grainau kemma. ‚Dös is g'scheit,' hat er g'sagt, wia 'r a mi g'sehg'n hat, ‚daß ich Ihnen treff, Sprengelsperger,' sagt er, ‚jetzt können glei Sie die Botschaft übernehmen. Sunst hätt ich ein von meine Leut nach Griesen schicken müssen,' hat er g'sagt.«

»So, so!« brummte der Förster, »wenn's eahm an andersmal ei'g'fallen waar, hätt' i 's liaba g'habt.«

»Hast für'n Sprengelsperger net aa 'r an Teller voll?« fragte er seine Frau.

»I glaub, es is no was da,« antwortete sie und ging zögernd hinaus.

So ganz traute sie der Geschichte nicht, aber zu machen war da nichts. Das sah sie wohl ein.

Als sie draußen war, sagte der Förster: »I kimm nacha zu Dir umi, Lenz.«

Der Sprengelsperger nickte zustimmend, setzte sich neben den Anderl hin und nahm mit Dank das Voressen in Empfang, welches ihm die Försterin brachte.

Er aß mit vielem Appetit und rief einen schönen Gruß und nochmal ein Vergelt's Gott in die Küche hinein, als er ging.

Eine gute Stunde später kam der Förster zu ihm und ließ sich den Vorgang haarklein erzählen.

»Tiroler san's g'wen; dös is g'wiß,« meinte er, »aba wia sie de Lumpen so weit eina trau'n, des sell vasteh i net. An Tag ehnder, wenn s' rüber waaren, hätten s' ma in d'Händ einalaffen müassen, an der brennten Wand droben. Aba grad gestern bin i auf der drentern Seit' g'wen. Und der Anderl hat nach Partenkirchen eini müassen.«

Der Sprengelsperger pfiff leise durch die Zähne und fragte:

»So, der Anderl war z'Partenkircha? Dös hat a ma no net g'sagt. Herr Förster, is über dös g'redt wor'n, daß er eini muaß?«

»Net, daß i 's woaß. Warum fragst, Lenz?«

»I moa grad.«

»Halt!« sagte plötzlich der Förster, »oana hat's do g'wißt. Der Oberaufseher hat eahm an Brief mitgeben. Aba vo dem hört's do koa Lump!«

»Von eahm net, aba vielleicht von an andern.«

»Lenz, Du hast an Vadacht. Ruck außa damit!«

»Herr Förschter, zu 'r an Vadacht g'langt's no net, aba 'r im Wind hab i a bissei was.«

»Red halt!«

Der Sprengelsperger sah nachdenklich auf den Boden und dann sagte er bedächtig:

»Vor a Wochen a fünf is bei die Oesterreicher a neuer Grenzer ei'g'stellt wor'n, net wahr?«

»Ja. Der Redenbacher oder wia 'r a hoaßt.«

»Der is a Tiroler. Vo Leermoos is a, hamm s' mir g'sagt.«

»Und nacha?«

»Dem sellen trau i net, Herr Förschter, daß i 's glei schnurgrad sag! Dem trau i net weiter, als i 'n siech.«

»Da muaßt do an Grund dafür hamm?«

»Dös ko ma net allaweil so sag'n. Wenn i an ganz an g'wissen Grund hätt', nacha hätt' i scho lang mit Eahna g'redt. Aba zu dem hat's net g'langt.«

Der Sprengelsperger machte eine kleine Pause. Dann fuhr er fort:

»Sehg'n's, Herr Förschter, wia 'r i den schelchaugeten Kerl zum erschtenmal g'sehg'n hab, da hon i mir glei denkt: Manndei, du g'fallst ma net. Und dös is blieben. No, nacha is ma 'r aufg'fallen, daß der Mensch an Aug auf ins hat. I ko bei 'n Tag und auf 'n Abend net kumma und net furtgeh', daß der Kamerad net beim Zollhäusl heraus steht oder sunst um an Weg is. Und nacha grüaßt a so freundli, und is ma 'r aa schon vorkemma, daß er mi g'fragt hat: ‚Wo gehen S' heut no hi, Herr Sprengelsperger?'«

»Lenz,« sagte der Förster nachdenklich, »jetzt fallt's ma selber auf, daß ma den so oft siecht; viel öfter wia 'r an jeden von de andern.«

»Ja, passen S' no auf; der Ostler Hans is de vorig Woch in da Schanz drin g'wen. Wia 'r a in d' Stuben nei kimmt, siecht er den Kerl da, den Redenbacher, bei a paar Tiroler am Tisch hocken. Es waar eahm weiter net aufg'fallen, wann de Kameraden net auf oamal so mäuserlstaad g'wen waaren. Der Grenzer hat sie glei drauf am Weg g'macht, und d' Wirtin fragt 'n, ob's eahm denn gar a so pressiert. ‚Heut scho,' sagt er und is außi. Wia 'r aba der Ostler Hans a guate Viertelstund spater amol außi geht, siecht er'n hinterm Haus stehn und mit oan von dena Tiroler reden. Und grad notwendi hat er's g'habt. Des sell is an Hans so g'spaßi fürkemma, daß er ma's glei am nächsten Tag vazählt hat.«

»Da schau her, a so a Schlaucher is dös!« brummte der Förster vor sich hin.

»Ja, schlauch!« sagte der Sprengelsperger, »der kimmt mir net schlauch vor. A recht a dumma Teufi is, sinscht waar er net nach fünf Wocha vadächti. Den kriag i leicht g'nua dro, den Tiroler Spitzbuam, den ganz miserabligen.«

»Hm, ja. Vielleicht is was dro, Lenz.«

»I moa scho. Und hat uns der Bazi oamal auf'n Weg paßt, nacha tuat as öfta.«

Der Förster stand auf und schaute nachdenklich zum offenen Fenster hinaus. Nach einiger Zeit drehte er sich um und sagte in seiner ruhigen, bedächtigen Weise:

»So weit rei ins Revier trau'n si de Lumpen de erst Zeit nimma, weil'st g'schossen hast, aba um d' Grenz rum is koan Tag net sauba. Du und der Anderl, ös zwoa geht's heut nach 'n Essen in d' Roaner Leiten hintri und schaugt's, daß den Bock kriagt's. Bal's 'n habt's, brecht's 'n auf und versteckt's 'n guat. Auf 'n Abend kemmt's uma ins Buachwieser G'steig. Da halt's Enk heut amol, und bal nix B'sonders net is, morgen in der Fruah aa no. I kimm um a zehni auf d' Buachwieser Alm. Notabene, koana schießt, außer es geht auf an Lumpen. Hast mi guat vastanden?«

»Jawohl, Herr Förschter.«

»Nacha is recht. I wer jetzt a bissel zum Oberaufseher in Hoamgarten nüber geh'. Vielleicht is der Herr Redenbacher wieder um an Weg. Mit 'm Anderl red i no. Du holst 'n um zwoa ab; ös geht's aba net hint' außi, sondern auf da Straßen, daß enk a jeder sehg'n ko.«

»Jawohl, Herr Förster.«

»So, nacha pfüat Di! Und no was. Bal'st an Anderl abholst, gehst z'erscht zu uns nei, und wann grad mei Alte da waar, nacha verzählst ihr, daß ös zwoa den Rehbock suacht's.«

Damit ging der Förster.

Eine halbe Stunde später schlenderte er gemächlich zum österreichischen Zollhaus hinüber.

Das lag friedlich da im warmen Sonnenschein und zeigte die behagliche Ruhe, welche allen k. k. Amtsgebäuden eigentümlich ist.

Auf der Bank, die neben der kleinen Freitreppe stand, lag eine Katze und blinzelte in die Sonne hinein; drei oder vier Hühner gruben sich in den heißen Sand.

Sonst war weit und breit nichts zu sehen.

Im kühlen Amtszimmer saß ein Grenzer und blies nachdenklich den Tabakrauch vor sich hin.

Von Zeit zu Zeit nahm er die Pfeife aus den Zähnen und spuckte im weiten Bogen vor sich hin.

Dieser beschauliche Mensch war Josef Redenbacher, und als der Förster ihn sah, war er angenehm überrascht.

Er grüßte ihn freundlich und fragte nach dem Oberaufseher.

»Der wird wohl oben sein,« antwortete Redenbacher. »Warten S' ein wenig, ich hol 'n gleich herunter.«

Nach einiger Zeit erschien der Stationsvorsteher Praxenthaler, ein kleiner, dicker Mann, mit einer sehr fetten Stimme. Jedes Wort klang, als wäre es in Schmalz gebacken.

»Ah, der Hohenreiner! Mit was kann ich dienen?«

»I hab Di grad frag'n wollen, ob ma net zum Kaffee a kloans Tarökerl machen? Mei Alte spielt aa mit.«

»Warum denn nicht? Da bin ich allemal dabei.«

»Aba recht lang konn i net spielen; um a vieri muaß i ins Revier.«

»Da fang'n mir halt ein bissel früher an; glei nach 'm Essen.«

»Gilt scho,« sagte der Förster, und trat mit seinem Freunde vor das Haus. Er bemerkte, daß die Fenster offen standen, und war überzeugt, daß Herr Redenbacher sich in ihrer Nähe aufhielt. Er redete nun in gedämpftem Ton, daß es den Anschein hatte, als wollte er etwas Geheimes verhandeln.

»Praxenthaler,« sagte er, »mir hamm wieda Lumpen im Revier.«

»Ah!«

»Der Sprengelsperger hat a Gambsgoaß g'funden, erscht vor a paar Tag.«

»Hat er s' nit derwischt?«

»Na, dösmal san s' auskemma. Aber woaßt, allemal geht's net so.«

»Wo is denn das passiert? An der Grenz?«

»Na, beim Holzer Schlag. Aber, Praxenthaler,« sagte der Förster leise, »vielleicht probieren's de Tropfen und holen de Gambsgoaß.«

Dabei blinzelte er seinen Freund an.

Der Herr Oberaufseher machte ein pfiffiges Gesicht und lachte herzhaft.

»Das mag leicht sein,« schrie er mit seiner Trompetenstimme, »das mag leicht sein, und wenn s' kommen, finden s' vielleicht auch was? Mußt wahrscheinli deswegen schon fort um vier Uhr?«

»Pst!« machte der Förster, »Du muaßt über dös net reden. Aber sei kunnt's, daß de Lumpen kemma, weil Feiertag is.«

Ein Fensterflügel rührte sich, fast unmerklich, aber Hohenreiner hatte es blitzschnell gesehen.

Er wußte, daß der Lauscher genug gehört hatte, wenn der Verdacht Sprengelspergers begründet war, und dachte, daß ein längeres Reden ihn stutzig machen konnte. Deswegen nahm er Abschied von dem ehrlichen Praxenthaler, der sich in das Amtszimmer begab und gemeinschaftlich mit Herrn Redenbacher k. k. Kommißtabak verbrannte.

Es war ein paar Stunden später, gegen zwei Uhr mittag.

Der alte Sprengelsperger holte seine Büchse vom Nagel herunter und prüfte das Schloß. Er stach mit einer Nadel durch die beiden Zündlöcher, um sich zu vergewissern, daß sie nicht durch Staub oder sonstwie verstopft seien; dann setzte er neue Zündhütchen auf und sicherte die Hähne.

Als er damit fertig war, pfiff er dem Hunde, der freudig an ihm heraufsprang, und ging.

Vor dem Forsthause wartete er auf den Anderl und grüßte die Frau Förster, welche sich im Garten an den Blumenbeeten zu schaffen machte.

Sie winkte ihm und trat selbst an den Zaun heran.

»Sprengelsperger,« sagte sie, »ich hab's schon kennt, daß was los is. Mei Mann will mir's ausreden, aber i kenn Euch alle gut g'nug.«

»Aba, Frau Förschterin, wia S' no solchene Aengsten hamm mögen. Der Anderl hat halt an Bock ang'schossen, und den derf'n ma do net verfaul'n lassen.«

»Ja, ja; is scho recht. Du redst halt, was Dir ang'schafft is. Aba glaubst denn, i hab's net g'merkt, daß Du wegen was B'sondern rüberkommen bist, und daß mei Mann bei Dir drent war? Und daß i heut nach 'm Essen mit 'n Oberaufseher hätt' taroken sollen, des hat do aa sein Grund g'habt.«

»Ja, aba wenn i Eahna sag …«

»Geh, sei staad! Sag'n tuast ma's ja do net; aba des muaßt ma wenigstens versprechen, gib mir acht auf'n Buab'n.«

»Jetzt, Sie san g'spaßig, Frau Förschterin. I woaß net, was i da sagen soll.«

»Nix, weil'st mi ja do bloß o'lüagst. Aba gib acht auf'n Anderl. I bin in der größt'n Angst dahoam.«

Sie reichte ihm die Hand über den Zaun, und Sprengelsperger drückte sie mit einer verlegenen Gebärde. Er war froh, daß Anderl endlich aus der Türe trat und dem Gespräche ein Ende machte. Dieser grüßte die Mutter flüchtig, wie er es sonst gewohnt war, und trieb zur Eile an. Die alte Frau wollte nicht zeigen, daß sie eine schwere Sorge bewegte. Sie trat darum in das Haus, mit einer Hast, die dem Anderl auffiel.

»Was hat denn d'Muatta?« fragte er.

»De hat's guat g'spannt, daß heut was net sauber is,« gab der Sprengelsperger zur Antwort. »Mi hat's anderst in d'Eng trieben, mei Liaba! Dei Muatta waar guat zum Beichtsitzen. Sappera no amol!«

»Ja no,« sagte der Anderl gleichmütig, »mir könnan ihr net helfa, wann's as aa g'neißt hat. Aba jetzt mach, daß ma weita kemman!«

Sie setzten sich frisch in Gang. Nach ein paar Schritten blieb der Sprengelsperger stehen und bückte sich zu seinem Hunde nieder. Er tat so, als richtete er etwas am Halsbande; dabei warf er einen forschenden Blick zum Zollhause zurück, und bemerkte Herrn Redenbacher, der zufällig seinen Kopf zum Fenster herausstreckte.

Der Alte richtete sich auf und schritt mit einem heimlichen Lachen um die Mundwinkel dem Anderl nach.

»Den Fuchs kriag'n ma,« sagte er zu sich selber. »I wett an Kaisergulden, daß er in a paar Stund bei de Lumpen is und was ausplaniert.«

Er ging schweigend neben seinem Begleiter her, in langen, zügigen Schritten, und überdachte sorgfältig, wie die Lumpen ihren Pürschgang anstellen könnten, und wo sie am ehesten zu fangen wären.

Anderls Gedanken waren nicht so strenge auf einen Gegenstand gerichtet. Der Vater hatte ihm den Plan mitgeteilt, und er war als richtiger Jäger mit Eifer bei der Sache. Daneben hatte er doch herausgehört, daß die Zusammenkunft auf der Buchwieser Alm sein sollte. Er mußte an das Weibsbild denken, dem er heute begegnet war, und er dachte gern daran. Bei der brauchte es keine langen Reden; und ein schlechter Brocken wäre sie auch nicht. Teuflisch gut gestellt; wie ihr die Röcke um die Beine schlugen, war es zu sehen. Vielleicht konnte er in der Nacht auf die Alm; das wäre nicht zuwider.

So schritten die zwei auf der schattenlosen Landstraße dahin, und keiner redete ein Wort.

Nach einer halben Stunde bogen sie links ein und stiegen bergauf, bis sie zur Anschußstelle kamen.

»Anderl,« sagte Sprengelsperger, »halt Du an Hund und laß mi suacha.«

Er blickte scharf auf den Boden und sah bald genug die Rehfährte.

»Da is da Bock uma; wo hast'n g'schossen, Anderl?«

»Geh no an Schritt, a zwoa weita füri, Lenz; halt! Jetzt bleib steh'! Da muaß g'wen sei.«

Sprengelsperger kniete nieder und breitete mit der Hand das Gras auseinander.

Plötzlich stieß er einen leichten Pfiff aus und rief:

»Hat 'n scho! Ah, do schau her! Du hast eahm durch d'Leber g'schossen.«

Anderl trat heran und betrachtete die dunkeln Schweißtropfen, welche an den Grashalmen hingen.

Sprengelsperger ging einige Schritte weiter.

»Da geht scho wieda a Lack'n Schwoaß her,« rief er, »der hat ja damisch g'schwoaßt, Anderl. I moan, den hamm ma schnell. Gib ma'r amol an Pürschei her!«

Er führte den Hund, welcher schon unruhig an der Leine zog, zur Anschußstelle.

Pürschei schnupperte gierig am Boden, und als ihn Sprengelsperger losließ, verschwand er rasch im Dickicht.

»Der hat 'n bald, Anderl, werst as sehg'n,« sagte der Alte.

»Moanst net, mir sollen eahm nachgeh?«

»Ah, g'wiß net. Der verbellt 'n so schö, daß 's nix zwoat's gibt. Der Bock liegt koane hundert Schritt weit drin, paß amol auf.«

Er zündete bedächtig seine Pfeife an, während Anderl gespannt horchte.

Plötzlich tönte helles, scharfes Bellen aus dem Hochwalde herüber; der Hund gab Laut; wenn er in gleichmäßigen Pausen absetzte, gab das Echo deutlich die Töne zurück.

Sprengelsperger verzog sein Gesicht zu einem freundlichen Lachen.

»Hörst'n? Ja, da Pürschei! I kenn' an ja!«

»Laß Da no Zeit, Anderl; dös pressiert gar net; und an Hund müassen ma 'r an Bock no a bissel verbellen lassen. I hör's oamal z'gern.«

Seine Augen schauten vergnügt darein, und er nickte jedesmal zustimmend mit dem Kopfe, wenn der Hund in gleichmäßigen Absätzen anschlug, kräftig und voll.

»So, jetzt geh ma umi!« sagte er nach einer Weile und schritt dem Anderl voran über die Lichtung.

Sie umgingen das Dickicht und näherten sich von oben der Stelle, an der Pürschei Laut gab.

Sprengelsperger blieb stehen und deutete mit dem Bergstocke nach unten.

Da lag unter einer mächtigen Tanne der Bock verendet, und vor ihm stand der Hund; ein erfreuliches Bild für einen Jägersmann.

Sie stiegen rasch hinunter. Sprengelsperger lockte den Hund herein und lobte ihn für sein braves Verhalten. Inzwischen musterte Anderl vergnügt den stattlichen Bock.

»Der hat sauber auf; wia 'r a ma 's denkt hab. Handbroat über d' Luser; schau her, Lenz!«

»A schöne G'wichtel,« sagte der Alte, »da ko'st Dei Freud dro hamm. Und a guata Bock; achtadreiß'g Pfund hat a g'wiß.«

Sie suchten nach dem Schusse.

»Stimmt scho,« meinte Anderl, »i hab eahm durch d'Leber g'schossen. Is no besser ausg'fallen, als i g'moant hab.«

Dann brach er den Bock auf, weidgerecht, ohne die Aermel aufzustülpen oder die Joppe auszuziehen. In der damaligen Zeit hielt man darauf, daß ein Jäger nicht wie ein Metzger hantierte.

Als er fertig war, zog er den Bock in das Dickicht und bedeckte ihn mit

Fichtenzweigen.

»Steig' i aufi auf d'Alm,
Ja da werd ma's Herz weit — und
Siech ich d' Senndrin geh',
Tuat s' mi grüaß'n schö',
Ko's nit sag'n, wie's mi freut.«

(Altes Lied)

Die Nacht kam heran; eine helle, warme Sommernacht. Blaue Schatten kamen die Felsen herunter und senkten sich in das Tal; an den steilen Wänden verglühte langsam das Licht der scheidenden Sonne, und über ihnen wölbte sich der dunkle Himmel.

Da und dort blitzte unruhig flimmernd ein Stern auf und sah dann mit ruhigem Scheine herab.

Der Bergwind fuhr in die Gipfel der Tannen, und sie rauschten so feierlich, daß es klang wie voller Orgelton.

Alle Dinge, in der Ferne und Nähe, nahmen große, seltsame Formen an; drohend streckten die Bäume ihre riesigen Aeste aus; Gesträuche und Stockwurzeln zeigten verzerrte Gestalten. Der Wald war lebendig geworden.

Ein Schatten löste sich von seinem Rande los; nun stand er im hohen Grase. Eine Hirschkuh, die erschrocken den Grind emporhielt und nach einer mächtigen Fichte äugte.

Unter der saß Anderl und zog unruhig die Füße an sich. Seit vier Stunden war er auf dem Posten; nichts Verdächtiges hatte sich geregt, und nun kam die Dunkelheit.

Was wollte jetzt noch ein Wilderer tun? Auf fünf Schritte hätte man nicht schießen können. Er visierte gegen das Stück hin; das Korn war nicht mehr zu sehen. Da wurde er ungeduldig, und so leise auch das Geräusch war, im Augenblicke hatte das Tier es vernommen, warf den Grind auf und setzte in den Wald zurück.

»Geh zu'n Teufi!« brummte der Anderl mißmutig.

Himmelseiten, war das langweilig! Gibt's ja gar nicht, daß Lumpen kommen. Und der Sprengelsperger wollte auf das Mondlicht warten, also noch zwei Stunden. Zu was denn da heraußen?

Das könnte man doch leichter auf der Hütte. In einer Viertelstunde wäre man drüben, und wenn ein Schuß fiel, den hörte man dort auch. Und von der Hütte wären es nicht mehr wie tausend Schritte zur Buchwieser Alm. Und wie das Mensch sauber gestellt war! Und das Lachen. Die hielt die Türe nicht zu, wenn er klopfte. Der Anderl zog wieder die Uhr heraus.

Ah was! Vor zwei, drei Stunden rührt sich nichts. Und derweil war er lang zurück; eine Viertelstund hin, eine Viertelstund her. Und dann war es mondlicht und viel besser zum Passen als jetzt.

Er stand auf und rückte den Hut von einem Ohr auf das andere. Dann blickte er gegen die Stelle hin, wo der Sprengelsperger paßte; achthundert Schritt weiter oben.

Der bleibt hocken, und wenn es drei Tage dauert. Eigentlich sollte er auch … Aber was liegt daran!

Und rasch, damit ihn der Entschluß nicht reute, machte sich der Anderl auf den Weg.

Mit langen Schritten ging es bergauf, viel schneller als sonst; durch das Hochholz und über die Almwiese.

Da lag die Hütte im Dunkeln.

Die Läden waren geschlossen, und nichts war zu hören.

Der Anderl stolperte über ein Holzscheit und trat in eine Pfütze.

Er hatte es eilig.

Ein leiser Pfiff.

»Deanei!«

Nichts rührte sich.

»Deanei, mach auf! I bin's!«

Und wieder ein Pfiff.

Dann wartete der Anderl und horchte gespannt hinauf.

Nichts.

Jetzt nahm er den Bergstock, langte in die Höhe und klopfte an den Laden.

Es dauerte eine Weile, dann hörte man ein Geräusch.

Der Laden kreischte in den Angeln, und eine weibliche Stimme fragte:

»Was is?«

»I bin's, der Anderl.«

»Ja, was willst denn Du no um de Zeit?«

»Geh, frag net lang! Hoamgarten möcht i.«

»Hoamgarten? Jetzt no? Zu was denn?«

»A so, halt!«

»I hon aba Schlaf, schaug! Und morgen muaß i beizeiten außa.«

»Dös macht ja nix. I halt Di net lang auf. Grad a bissei dischkrier'n möcht i mit Dir.«

»Dös könna ma ja so aa.«

»So is nix, Deandl. Da muaß ma beinand hocka.«

»Ja freili!«

»Herrgottsakrament! Geh, tua net so lang umanand und laß mi eini! Du hast ma's ja vasprocha.«

»Dös hab i Dir net vasprocha.«

»No, balst net willst, nacha konn i aa nix macha. I ho ma denkt, Du bist a Madl, de wo ihr Wort halt. Balst Du a solchene bist, und 's Wort brichst, dös hätt' i net glaabt vo Dir. Dös is net schö.«

»I hob Dir gar nix vasprocha.«

»Jo! G'wiß is wahr. Deandl, i tat's net sag'n, bal's net a so waar. Lüag'n, dös gibt's net bei mir. Durchaus net. Da kennst mi schlecht.«

»Ja, und wann i Di einalaß, nacha woaß i's scho.«

»I tua Dir nix; g'wiß net. I rühr Di net o.«

»Is dös wahr?«

»No, wann i's amol sag.«

»Nacha wart a bissei, i kimm glei oba.«

»Is scho recht. Tummel Di a wengl, Deanei.«

Die Sennerin trat vom Fenster zurück, und der Anderl schob den Hut in den Nacken und pfiff leise vor sich hin.

»I hab mir's do glei denkt.«

Jetzt wurde die Türe zögernd geöffnet; Anderl half nach und schlang eine Minute später seinen Arm um das vollbusige Frauenzimmer.

»O'schaug'n derfst mi net, Anderl! I hab grad an Unterkittel o.«

»Na, na! I schaug di net o. Geh' ma'r aufi; daherunten kunnt's da z'kalt sei, und droben, da könna ma leichter dischkrieren.«

Sie stiegen die hölzerne Stiege hinauf und es war oben leichter zu diskurieren.

Die Stunden vergingen.

Volles Mondlicht lag auf den Bergwiesen; auch in die Kammer der Sennerin stahlen sich die hellen Strahlen.

Aber die zwei achteten nicht darauf.

»Magst mei Schatz bleib'n, Anderl?«

»Freili mag i.«

»Ja, dös sagst jetzt, und morgen denkst nimma dro.«

»Wia ko'st dös glaab'n, Deandl?«

»Oes Jaga seid's alle so.«

»De andern vielleicht; aba i net.«

»Kimmst nacha oft zu mir aufa?«

»So oft als 's geht. Am liabsten jeden Tag.«

Sie schwiegen wieder.

Draußen rauschte der Brunnen; sonst tiefe Stille.

Auch der Bergwind hatte ausgesetzt, und schweigend stand der Wald wie eine dunkle Mauer hinter den hell beleuchteten Matten.

Da!

Ein scharfer Knall und rollender Donner die Berge entlang.

»Herrgottsackerament! A Schuß! Dös war a Schuß!«

Im Nu stand Anderl auf den Füßen.

»Wo is mei Büchs? Wo hab' i's denn?«

Das Mädel richtete sich erschrocken auf.

»Was hast denn?«

»Hast as net g'hört, g'schossen hat's. Und i bin do herin! Mei Büchs will i.«

»De hast ja drunt lassen.«

»Nacha muaß i abi! Wo is denn d'Stiag'n? G'schwind, sag i!«

»Oho! Pressiert's denn gar a so? Sagst ma net amal pfüat Good?«

»I ho koa Zeit. An andersmal.«

Rasch war er unten, riß die Türe auf und faßte nach dem Gewehr.

Dann eilte er in mächtigen Sprüngen über die Wiese, so schnell es ging, in das

Hochholz.

Im Dunkeln ging es weiter; immer bergab.

Dort stand die Fichte, unter der er gesessen war.

Aber es war nicht ratsam, über die freie Wiese zu laufen. In dem Lichte konnte er weithin gesehen werden. Von den Lumpen, oder auch vom alten Sprengelsperger.

Und der sollte es doch nicht wissen, daß er vom Posten gegangen war, wegen dem Weibsbild.

Er umging den Platz und pürschte von unten im Schatten herauf.

Da rührte sich etwas neben dem Baume. Der Anderl stutzte einen Augenblick und schlich näher.

Das war ja der Pürschei! Und der Sprengelsperger stand unter der Fichte.

Der Alte sagte mit leiser Stimme: »Jetzt kimmst daher? Wo warst denn Du?«

»I bin a bissei da abi pürscht,« antwortete Anderl.

»Pst! Staad sei! Hast den Schuß net g'hört?«

»Freili, deswegen bin i glei wieder aufa.«

Der Alte sah den Anderl prüfend an; er glaubte ihm die Ausrede nicht, aber es war nicht Zeit, darüber zu reden.

»Der Schuß is am Buachwieser Eck g'fallen. Mir müassen umi. Wenn'st net wegg'laffen warst, kunnt'n ma scho bald drent sei.«

Hälftewegs zwischen Ehrwald und Griesen liegt die Schanz; ein gutes Wirtshaus, bei dem alle Fuhrleute anhalten. Es war daher nichts Auffallendes, daß der Schreinermeister Holzweber den Feiertag benützte, um dort einen Schoppen Landwein zu trinken. Er saß im Freien mit anderen Honoratioren aus Ehrwald, redete anständig und gesetzt von allerlei Dingen und lobte auch den schönen Abend.

Zwischenhinein fragte er seinen Nachbar: »Du, Seppel, wer isch der selle Grenzaufseher, der dort sitzt?«

»Der? Des ischt ein neuer; Redenbacher oder so heißt 'r. Er ischt no nit lang in Griesen.«

»So? I han mir's denkt, daß er neu ischt, weil i 'n no gar nie g'wahrt hab.«

Er sagte es recht gleichgültig und redete wieder von etwasanderem.

Nach kurzer Zeit meinte er, es sei nun spät geworden, und er wolle sich auf den Heimweg machen. Er bezahlte seine Zeche und ging gegen Ehrwald zu. Aber nur so lange, bis ihn eine Biegung des Weges den Blicken der Wirtshausgäste entzog. Da blieb er stehen und sah sich vorsichtig um. Als er weit und breit niemand sah, ging er von der Straße ab in den Wald hinein. Hinter einem Gebüsche machte er wieder Halt und hielt Ausschau.

Jetzt war er überzeugt, daß ihm niemand nachgegangen war; er schritt rüstig bergauf und kam bald an eine Waldlichtung, in deren Mitte eine alte Lärche stand.

Er hielt die Hand an den Mund und ahmte den Taubenruf nach. Von drüben kam Antwort, dreimal in langgezogenen Tönen, und Holzweber nickte befriedigt mit dem Kopfe.

Er trat in die Lichtung hinaus und stand gleich darauf bei seinen Kameraden Josef und Kaspar Gfeiler.

»So isch recht,« sagte er, »ihr seid's pünktlich g'west. Jetzt wart'n mir no auf'n Peter; der hat no mit dem Redenbacher z' reden.«

Es dauerte nicht lange, dann kam auch Peter Hosp und brachte Nachricht von dem Grenzaufseher.

»Also, die Jäger sein heut am Sunkerberg oder am Schell-Eck; alle drei.«

»Woher weiß der Redenbacher?« fragte Holzweber.

»Er hat's mit eigene Ohren g'hört, wie der Förschter mit'm Praxenthaler g'red't hat. Er hat woltern g'flucht über die Lumpen, weil s' ihm unter der roten Wand a Gambs g'schossen haben, und er vermeint, daß mir wiederkommen.«

»Vielleicht hat er's bloß g'sagt; i kann's nit recht glauben, daß alle drei dort sein.«

»Es isch a so, Jakele. Der Redenbacher hat guat achtgeben und hat g'wahrt, wie der Sprengelsperger und der jung Hohenreiner hinter sein. Er hat no a zwei Schtund g'wartet, bis der Förschter selber fort isch. Und er isch links nüber am Nudelwald; genau wie er's an Praxenthaler ang'sagt hat.«

Der Holzweber zweifelte noch immer.

»Der Förschter hat do nix g'merkt, daß ihm der Redenbacher abpaßt?« fragte er.

»Sell isch do gar nit menschenmöglich,« versicherte der Jakele eifrig, »der Redenbacher sagt, daß der Förschter ganz vertraut ischt mit ihm. Und nachher, er hat ja gar nit g'wußt, daß der Redenbacher alles hört; sell war grad unter'm Fenschter, und er hat no recht heimli g'redt mit'n Praxenthaler.«

»Und die zwei andere hat 'r auch g'sehen?«

»Ja; sie sein schnurgrad am Sunkenberg hinter; sie können nirgends anderscht hin sein.«

»Also guet!« sagte der Holzweber, »nachher probieren mir's heut am Miesing; i weiß an gueten Platz und find an Weg bei der Nacht. Mir müessen zwei Schtund gehen; es isch jetzt acht; bis zehn sein mir g'wiß dort. I schtell Euch an und geh hernach von hint aufer; da komm i mit'n schlechten Wind runter und mach di Hirsch geh'n. Ihr habt a leicht's Schiaßen; es isch a freie Wies da, und 's Mondlicht wird hell.«

»So isch guet, Jakele,« sagte Hosp.

»Und es werd uns scho wieder recht nausgeh,« fügte Kaspar hinzu, »i hab a Wallfahrt zur Muetter Gottes von Hinterriß verschprochen und der Pater Benno hat mir a g'weihtes Bild mitgeben; das hilft gegen Pulver und Blei. I trag's alleweil bei mir, wenn grad wirkli amal a Jager kemmen tät.«

So machten sie sich auf den Weg über den Scharberg gegen den Miesing zu.

Holzweber führte, denn er kannte alle Steige von Jugend auf und fand sich im Dunkeln zurecht.

Er ging schnurgerade auf die Stelle zu, wo er in einem hohlen Baume sein Gewehr versteckt hatte, und mit derselben Sicherheit fand er die Schießwaffen seiner Gefährten.

Er hatte die Schuhe ausgezogen und schlich wie eine Wildkatze durch den Bergwald; kaum einmal knackte ein dürrer Ast unter seinen Füßen.

Als sie nach ermüdender Wanderung ankamen, wiederholte er flüsternd seinen Plan und stellte jeden an seinen Platz.

»Schieß nit zu früh, Kaschper,« sagte er, »und tu g'nau, was i Dir sag. Wann Du nit folgst, kannst uns no alle ins Unglück bringen.«

Als die drei auf ihren Posten standen, pürschte er zurück.

Es war spät geworden.

Ueber dem Zimmerskopfe lag schon ein heller Schein und bald schob sich in majestätischer Ruhe die Scheibe des Mondes über die Felsen herauf.

Silbernes Licht fiel auf die Almwiese und schob die Dunkelheit zurück, immer weiter, bis sie an den hochragenden Fichten hängen blieb.

Und so still war es, wie in der Kirche; so still, daß der Gfeiler Kaspar schon von weitem den Hirsch trappen hörte und sich zum Schusse bereit machen konnte.

Auf zwei Zimmerlängen kam er ihm, blieb stehen und sicherte nach rückwärts.

Kaspar hatte das Gewehr an der Backe und zielte.

Es schießt sich verdammt schwer im Mondlicht. Einmal sieht man das Korn, einmal nicht.

Neben dem Hirsche glitzerte ein heller Fleck. Ein Wassertümpel.

Auf den zielte er und schaute sich das Visier zusammen; jetzt ein wenig höher und rechts fahren.

Das muß woltern das Wildbret sein.

Pum!

Dem Schützen gab es eine Ohrfeige, und der Hirsch brach zusammen; hob schwerfällig den Grind und brach wieder zusammen.

Da zeigte es sich, daß Kaspar ein dummer Kerl war, der im Eifer allemal die Lehren des Herrn Schreinermeister Holzweber vergaß.

In seiner Freude über den Schuß trat er auf die Wiese heraus und ging auf das verwundete Stück zu.

Er meinte wohl, das bleibe so liegen und er könnte es recht mit Vergnügen betrachten.

Aber wie ihn der Hirsch sah, nahm er die letzte Kraft zusammen, raffte sich auf und sprang in wilden Sätzen den Hang hinunter.

Im Augenblicke nahm ihn der Wald in seinen Schutz auf; man hörte Aeste krachen, Steine poltern; dann war es ruhig.

Da stand jetzt der Kaspar Gfeiler und schaute. Und wäre er nicht ein gottesfürchtiger Tiroler gewesen, hätte er wohl abscheulich geflucht. Sein Bruder und der Peter waren schnell bei ihm und sagten ihre Meinung ohne Ehrfurcht.

Was war jetzt zu machen?

Auf alle Fälle warten, bis der Jakele kam.

»Sell hascht wieder amol sauber angangen; a so a Malefizpatzerei! Der Hirsch hat unser g'hört, wenn D' no grad a Viertelstund auf'm Schtand blieben wärscht!«

Der Holzweber hatte sich leise herangepürscht.

»Was isch?«

»Der Kaschper hat …«

»Nit so laut! Und geht von der Wies' weg! Ihr schtellt Euch grad ins Licht.«

Sie traten in den Schatten zurück, und Peter erzählte leise den Hergang.

»I kenn Di ja, Kaschper,« sagte Holzweber, »i weiß, wie D' as alleweil machscht! Sell weiß i ja schon lang. Nit acht geben, nit Zeit lassen!«

»Was tun mir jetzt, Jakele?« fragte Hosp.

»Ja, was tun mir jetzt? Des Allerbescht wär', mir geh'n heim.«

»Aber mir lassen do den Hirsch nit hint!« sagte Kaspar.

»Wärscht ihm halt völlig nachg'laufen; vielleicht hätt'scht ihn derwischt. Bei der Nacht können mir ihn doch nit suchen!«

»Weit kann er nit sein.«

»Weit oder nah, sell isch gleich. Mir können nix machen.«

Der Gfeiler Josef kam seinem Bruder zu Hilfe.

»I mein,« sagte er, »mir warten, bis es hell wird. In aller Früh können mir den Hirsch noch suachen.«

»Sell isch ganz g'fährlich,« erwiderte Holzweber, »wenn die Jäger den Schuß g'hört haben, gehen s' ihm nach, und mir laufen ihnen grad in d'Händ'.«

»Den Schuß haben sie nit g'hört; sie sein zu weit weg.«

»Sell weiß man nit.«

»Jakele, ganz leer sollen mir nit heim,« riet jetzt auch Hosp, »mir können noch bei der Dämmerung den Hirsch suachen. I sag, mir haben ihn schnell; aft brechen mir ihn auf und verschtecken ihn, und holen ihn morgen bei der Nacht.«

Holzweber gab nach, wenn auch mit Widerstreben. Er sagte immer wieder, daß solche Wagnisse zur Entdeckung führten, und daß ihn sein Vater oft und oft davor gewarnt habe, anders als bei Nacht zu wildern.

Seine Kameraden blieben fest, und er wußte, daß sie ohne seinen Beistand wenig ausrichten würden.

Zuletzt reizte ihn auch der erhoffe Gewinn, und er blieb bei den andern.

Sie gingen tiefer in das Holz hinein und warteten unter einer mächtigen Rottanne auf das Tagesgrauen.

Allmählich lichtete sich das dunkle Blau des Himmels, und die flimmernden

Lichter erloschen. Ein Flüstern ging durch die Baumkronen, das stärker und stärker wurde und bald in volles Rauschen überging.

Ueber den Höhen tauchte der Morgenstern auf und zitterte heftig, als machte ihn der frische Bergwind frösteln.

Eine Amsel pfiff.

Da stand der Holzweber auf und sagte, es wäre so weit, daß man aufbrechen dürfte. Er schlich vorsichtig an den Waldrand vor und spähte über die Wiese hinaus.

Nichts regte sich.

Er wandte den Kopf und schaute die Felsen hinauf.

Ein Stein polterte herunter und fiel mit dumpfem Schlage auf. Der Holzweber blickte schärfer hin und gewahrte unter den Latschen einen hellgelben Fleck.

Eine Gambs.

Und er sah auch, wie sich hoch oben auf die Wände des Wettersteins ein leichter Schimmer legte, und wie sich der Schleier von den Felszacken löste und langsam heruntersenkte.

Es war Zeit!

Also auf!

Seine Kameraden waren gerne bereit, zu gehen. Der Kaspar hauchte in die Hände und steckte sie in die Hosentaschen; der Peter hob einen Fuß um den andern in die Höhe, und der Seppel machte es ihm nach.

Es war ein frischer Morgen, und aus dem feuchten Waldmoos stieg es kalt herauf.

»Mir bleiben beinander, und i geh voran,« sagte der Holzweber, »wo is der Hirsch nei?«

»Sell unten, wo der Wald das Eck macht,« erwiderte Kaspar.

»Aft ist er eh'nder wie nit in Scharer Graben rei,« entschied Holzweber und ging rüstig voraus.

Nach einiger Zeit blieb er stehen und deutete auf den Boden.

Richtig, da war eine Hirschfährte; und dort wieder.

Plötzlich kniete Holzweber nieder und bog mit der Hand einen Büschel Farrenkraut zurück.

Schwerer Tau lag auf den zierlichen Blättern, aber dazwischen tauchten rote

Flecken auf, erst spärlich, dann reichlicher, und zuletzt zeigte Holzweber den andern schmunzelnd ein Blatt, das über und über mit Blut bespritzt war.

»Er hat woltern stark g'schweißt«, sagte er, »und muaß bald hergeh'n.«

Sie gingen weiter und kamen an einen langgestreckten Graben, der eine Tiefe von etwa hundert Schuh hatte.

Die ziemlich abschüssigen Wände waren mit Steinen bedeckt, zwischen denen der Huflattich seine Blätter ausbreitete.

Sie stiegen hinunter; Holzweber voran, die Blicke aufmerksam auf den Boden gerichtet.

Mit einem Mal fuhr er auf, blieb kerzengerade stehen und lauschte.

»Was hoscht denn?« fragte Kaspar, der ihm zunächst folgte.

»Pst!« machte Jakele und sah ängstlich auf die andere Seite des Grabens hinüber.

Was war das für ein Geräusch gewesen?

Ein klingender Ton; wie Eisen auf Stein. Als wenn einer mit dem Bergstocke aufstößt.

Es rührte sich nichts.

»Geh do amol zua!« drängte Kaspar, »es isch ja nix!«

Holzweber wollte es glauben; er warf noch einen scharfen Blick hinüber, dann stieg er weiter abwärts, fünf, sechs Schritte.

Aber er war unruhig geworden und schaute wieder zurück.

Rührte sich nicht ein Tannenboschen? Dort, wo das Jungholz an den Rand des Grabens heranging?

Und wohl rührte es sich; recht heftig mit einem Mal.

Ein alter Kerl stand drüben, mit blitzenden Augen, das Gewehr im Anschlag; und daneben noch einer.

Eine wütende Stimme.

»Halt! oder i schiaß!«

Das ging ans Leben.

In mächtigen Sätzen sprang Holzweber abwärts; die andern hinterdrein.

Jetzt waren sie unten.

Zwanzig Schritte entfernt stand eine Fichte; die erste Deckung.

Ohne Besinnen eilte Jakele darauf zu; dicht neben ihm Kaspar.

Die anderen zwei flüchteten aufwärts.

Ein Schuß krachte.

Der Gfeiler Sepp hörte ihn nicht mehr. Er fiel vorneüber auf das Gesicht, schlug mit den Armen ein paarmal um sich und blieb regungslos liegen.

Sprengelsperger und Anderl waren so schnell, als es die Vorsicht erlaubte, an das Buchwieser Eck geeilt und standen bald an der Waldwiese, auf welcher Kaspar den Hirsch geschossen hatte. Wären sie eine Viertelstunde früher angelangt, so hätten sie mit den Tirolern zusammentreffen müssen; jetzt war es zu spät.

»Am End' is da Schuß gar net da g'fallen,« sagte Anderl; »mir is a so fürkemma, als ob's weita weg g'wen waar. Es ko' Di halt täuscht ham, Lenz.«

»Na, na, mei Liaba,« erwiderte Sprengelsperger, »do gibt's koa Täuschung. Der Schuß is do g'wen, und es is aa gar net anderst mögli. De Lumpen könna beim Mondliacht bloß auf an freien Platz schiaßen; im Holz drin geht's net. Und von do bis zu da Kohlhütten hintri is koa Wiesen mehr. Also hamm s' do g'schossen. I ho's aa so deutli g'hört, daß koan Zweifi net gibt.«

»Nacha san ma z'spat kemma, Lenz.«

»Des sell woaß ma no net.«

»I moa do scho, wann d'Lumpen nimma da san.«

»Laß Da no Zeit, und red staader. De Spitzbuam könna vielleicht z'nachst do sei.«

»Oder aa net.«

»Oder aa net, des is richti. Jetzt laß mi aba a wengl b'sinna, was ma am g'scheitesten tean.«

Beide schwiegen und sahen auf die mondbeglänzte Wiese hinaus.

Nach einer Weile sagte Sprengelsperger:

»Anderl, jetzt woaß i's. Mir gengan in Scharergraben hintri.«

»Für was denn? Wann ma passen, nacha is do g'scheiter, mir bleib'n do, wo ma'r alles seh'gn könna, wenn si was rührt.«

»Na, sag i, dös hat gar koan Wert net,« erwiderte der Alte entschlossen. »De G'schicht is so. I glaab net, daß de Lumpen auf a Reh g'schossen hamm; da is eahna da Platz z'guat, weil s' an Hirsch aa leicht kriag'n. Bal's aba an Hirsch hamm, nachha san s' no net weit. Als a ganzer bringa s' 'n net hoam, den müassen s' allawei z'legen, und dös geht net so schnell, do könna ma'r eahna no leicht d'Reib o'lassen, und über'n Scharer Graben müassen s' kemma. De gengan do mit dem schwaren Wildpret an nächsten Weg und steig'n net z'erscht no a Stunden weit auf'n Berg aufi. Und z' fürchten hamm s' eahna herunt aa net mehra als wia drob'n. Bal's aba wirkli so waar, daß s' a Reh g'schossen hamm, nacha san s' no net hoam. Dös g'langt eahna net; do san s' no weita ins Revier eina. Und grad so is, wann s' vielleicht g'feit hamm; dös kunnt ja aa sei. Also i sag, über'n Scharer Graben kemman s' uns allawei, oder i müaßt schon gar nix vasteh.«

Der Anderl mußte ihm recht geben.

Sie gingen eine Strecke zurück, denn Sprengelsperger war der Ansicht, daß sie Zeit genug hätten, und daß sie einen größeren Umweg machen müßten, um ja nicht gehört zu werden.

Im weiten Bogen umgingen sie das Buchwieser Eck und kamen an den Scharer Graben. Schritt für Schritt stiegen sie abwärts und gaben wohl acht, daß sie nicht in das Mondlicht hinaus traten.

Als sie auf der gegenüberliegenden Seite die Höhe wieder erreicht hatten und den Graben entlang schlichen, rumpelte unter ihnen ein Wild auf und sprang weg.

Die Jäger blieben stehen und horchten.

Sie hörten die dumpfen Tritte; kurze Zeit, dann war es still.

»Es is net aufwärts,« flüsterte Sprengelsperger, »und muaß si scho wieder niederto hamm. Jetza moan i, kemma ma de Lumpen auf d'Spur.«

Sie pürschten vorwärts, so zweihundert Schritte.

Und wieder hörten sie deutlich, wie unten im Graben das Wild wegsprang.

»Jetzt is de G'schicht oafacher wor'n,« sagte Sprengelsperger, »des hamm de Lumpen o'gflickt. Jetz wissen ma's g'wiß.«

Er hatte recht. Es war der Hirsch, den Kaspar angeschossen hatte.

»Soll ma glei do bleiben?« fragte Anderl.

»Na, mir gengan an Büchsenschuß weiter z'ruck, bis zu'n Jungholz. Da hamm ma'r a guate Deckung.«

»Moanst, daß s' ins kemman?«

»G'wiß aa no. De Tropfen suachen des Stückl, und bal s' auf der Spur nachgengan, lassen s' ins schnurgrad ani.«

Sie versteckten sich im Dickicht und saßen hart am Rande des Grabens auf Baumstöcken. Von ihrem Platz aus hatten sie einen guten Ausblick nach links und rechts; sie selbst waren durch ein paar junge Fichten gedeckt.

Sie horchten schweigend in die Nacht hinaus; hie und da ertönte der klagende Ruf einer Eule; sonst war nichts zu hören, als der tiefe Atemzug des Waldes.

Anderl kämpfte mit dem Schlafe; er war am frühen Morgen zur Pürsche hinaus, war den ganzen Tag herumgelaufen, und hatte obendrein seinen Besuch auf der Buchwieser Alm gemacht.

Jetzt packte ihn die Müdigkeit, und so oft er sich auch zusammenriß, der Kopf sank immer tiefer herunter, und die Augen fielen ihm zu.

Und dann sah er freundliche Bilder.

Den Sechserbock im Frühlicht, der stattlich über die Schneise herüberwechselte; ein kapitaler Kerl.

Und das Weibsbild mit den lustigen Augen. Wie sie den Riegel zurückschob und gleich so vertraut war.

»Jetzt muaßt aba mei Schatz wer'n, Anderl, gelt?«

Und eine Hand faßte nach der seinen; er wollte sie zärtlich drücken.

Aber das waren harte, knochige Finger. Er fuhr auf und sah den Sprengelsperger neben sich, der ihn geweckt hatte.

Der Morgen brach an.

Anderl setzte sich gerade und rieb sich die Augen. Er wollte in seiner Verlegenheit etwas sagen, aber bei der ersten Silbe warf ihm der Alte einen grimmigen Blick zu und legte den Finger auf den Mund.

Dann beugte er sich vor und horchte.

Kam jemand?

Nein.

Und doch!

Da krachte wieder ein dürrer Ast; eine Krähe flatterte auf und flog kreischend davon.

Und drüben trat ein Mensch aus dem Hochholze heraus, ein Gewehr in der linken Hand, vorsichtig nach allen Seiten hinspähend.

Hinter ihm — einer — zwei — drei.

Herrgottsackerament!

Vier Lumpen, und nicht weiter weg wie achtzig Schritt!

Der vorderste stieg jetzt in den Graben herein.

Sprengelsperger spannte ruhig den Hahn und fuhr langsam auf.

Anderl griff hastiger nach seinem Gewehr; der Bergstock rutschte aus und stieß mit der eisernen Spitze an einen Stein.

Wie vom Blitz getroffen blieb der vorderste Wilderer stehen und sah herüber; die zwei Jäger rührten sich nicht. Da ging er weiter, und die anderen folgten.

Sprengelsperger und Anderl standen auf, jeder die Büchse im Anschlag.

Und der Alte schrie:

»Halt oder i schiaß!«

Teufel! Wie es die Tiroler zusammenriß! Wie sie hinuntersprangen! Und drunten erst eine wilde Jagd! Die einen geradeaus, die andern den Graben hinauf.

Anderl ließ die Büchse sinken. Sollte er schießen? Er schaute den Sprengelsperger an. Der stand im Anschlage und zielte. Da blitzte es auf, und einer von den Lumpen stürzte im Feuer zusammen.

Sprengelsperger setzte ruhig ab und sagte: »Den hat's g'wiß. Grad am Rucksackbutzen is ma da Schuß brochen. Warum hast denn Du net g'schossen?«

»Ja, i ho ma denkt … i woaß net, weil s' davo g'loffen san.«

»Waar net schad' g'wen, bal no oaner hi g'wen waar. Aber jetzt is a so aa recht,« sagte der Alte, und keine Miene an ihm verriet Erregung.

»Soll'n ma net abi zu dem Kerl?« fragte Anderl.

»Freili! Daß oaner aus'n Dickat rausschiaßt auf ins! Na, mei Liaba, den laß ma flacken; weh tuat eahm aa so nix mehr. Mir gengan z'ruck. I muaß auf d' Buachwieser Alm, wia's Dei Vata o'gschafft hat, und Du muaßt glei hoam und auf Garmisch eini schicken, daß a Kommission kimmt.«

»Ja, i kunnt aa 'r auf d' Buachwieser Alm, balst Du vielleicht liaba hoamgangst,« erwiderte Anderl.

»I dank Dir recht schö, aba so is g'scheiter; Dei Muatta werd a so a bissel Angst hamm und is froh, bal s' Di siecht. Und i möcht Dein Vata die Meldung glei selm macha,« sagte der Alte.

Sie kehrten um und gingen in guter Deckung zurück.

Nach einiger Zeit trennten sie sich; Anderl ging bergab gegen Griesen zu.

Der Sprengelsperger sah ihm nach und stopfte sich eine Pfeife.

»Auf da Buachwieser Alm muaß er was hamm,« brummte er, »heut nacht moan i, is er aa drent g'wen.«

Er stieg langsam bergauf, und seine Gedanken wandten sich dem letzten Vorfalle zu.

Aber es waren nicht etwa Gewissensbisse, die sich in ihm regten. Er war durchaus zufrieden damit, daß einer von den dreimal verdammten Spitzbuben ins Gras gebissen hatte; er hätte es jetzt nicht anders gemacht.

Er überlegte nur, ob nicht etwa die Herren vom Gericht sich über den Schuß Gedanken machen würden, weil der Lump von hinten geschossen war.

Aber es konnte nicht schief gehen.

Wenn vier beinander sind, kann man nicht warten, bis sie in Sicherheit sind und dann vielleicht den Stiel umkehren.

Und nicht einer hatte das Gewehr weggeworfen.

»Feit si nix,« sagte der Sprengelsperger und ging auf die Buchwieser Alm zu.

Es war noch früh, aber die Sennerin war schon auf.

Als der Alte sie sah, stieß er einen leisen Pfiff aus und drückte das linke Auge zu.

»Dös is ja de, wo ma gestern g'sehg'n hamm. Aha! Jetzt woaß i, wo der Schlauberger g'wen is.«

»Grüaß Di Good, Sennerin!« sagte er laut.

»Grüaß Di Good, Jaga! Wo kimmst denn Du scho so zeiti her?«

»Vo da Pürsch halt. Magst ma koa Milisuppen kocha?«

»Jo. Hock Di eina!«

Sprengelsperger trat ein und sah zu, wie das rüstige Frauenzimmer am Herd hantierte.

»Saggera Hosenzwickel,« dachte er, »der Anderl is no lang net der Dümmst'. De hat Holz bei da Hütten!«

Die Sennerin drehte sich um und fragte:

»Gel, Du bist vo Griesen?«

»Ja.«

»Habt's ös mit de Schützen was z'toa g'habt?«

»Wer ‚ös'?«

»No, Du halt, und .. der Anderl.«

»Der Anderl? Der is ja gar net do. Der is, glaab i, am Sunkenberg hint.«

»Na, der is da heroben!«

»So? Da woaß i gar nix. Hast'n denn Du g'sehg'n, Madel?«

»Ja,« gab sie zögernd zur Antwort, »vo weiten hon i 'n geh sehg'n.«

»Vo weiten host 'n g'sehg'n?« fragte er und verzog keine Miene dabei, »no, wenn a herob'n is, wer' i 'n vielleicht treffa. Soll i eahm was ausrichten?«

»Na. I hab bloß g'moant, ös seid's mit Schützen z'sammkemma.«

»Mit die Schützen hamm mir 's ganze Jahr nix z'toa,« erwiderte Sprengelsperger treuherzig. »De Lumpen kemma Gott sei Dank net zu uns eina.«

»I hab aber bei der Nacht schiaßen hören.«

»Dös hat Di höchstens täuscht. Oder es san Leut g'wen, de an Feiertag no a wengl o'g'schossen hamm. Aba koane Lumpen hamm mir net do herin.«

Die Sennerin fragte nicht weiter und stellte einen Weidling warme Milch auf den Tisch.

Sprengelsperger schnitt sich Brot hinein und aß.

Hie und da blinzelte er vergnügt auf das Weibsbild hinüber, welches am Herde arbeitete.

»Mei liaba Anderl,« dachte er, »auf de Spur bin i Dir schnell kemma. Dös muaß i Dir amol unter d' Nasen reib'n.«

Er blieb noch eine Weile, bis er den Förster über die Wiese herüberkommen sah. Da stand er auf und nahm kurzen Abschied. Unter der Türe blieb er stehen und sagte: »Du, Madel, balst an Anderl wieder amol vo weiten siechst, nacha kochst eahm an Schmarren auf. Den ißt er oamal z'gern.«

Draußen ging er auf Hohenreiner zu und grüßte ihn. Dabei blinzelte er mit den Augen; der Förster kehrte um, und sie schritten ruhig und unauffällig nebeneinander her.

»Was is, Lenz?«

»Oan hat's scho g'rissen.«

»Wo is der Anderl?«

»Hoam, daß er d' Kommission in Garmisch b'stellt.«

»Hast Du g'schossen?«

»Ja.«

»Hast 'n g'scheit aufi brennt?«

»Sell wohl. Im Scharer Graben flackt a.«

Er erzählte den Hergang.

Hohenreiner hörte mit gespannter Aufmerksamkeit zu und sparte nicht mit seinem Beifalle.

Als Sprengelsperger fertig war, fragte er ihn:

»Woaßt g'wiß, daß der Kerl hin is?«

»Ja freili woaß i's. I hab's gnau gnua g'sehg'n.«

»Na laß' ma'n liegen und gengan abi. I bin aa de ganz Nacht auf g'wen, und morg'n hamm ma de Lauferei mit der Kommission. Da is g'rad recht, wenn man a wengl schlafen könna.«

Den andern Tag kam die Kommission nach Griesen; der Herr Oberförster Hofer, der Herr Landrichter Weiß, der Herr Bezirksarzt Steiger und ein Gerichtsschreiber. Sprengelsperger und Anderl wurden sogleich in der Wohnstube des Forsthauses vernommen. Beide sagten, daß sie überzeugt seien, die vier Wilderer hätten nur Deckung gesucht, um dann auf sie zu schießen. Keiner hätte das Gewehr weggeworfen oder sei auf den Anruf stehen geblieben.

Der Landrichter nahm ihre Aussagen mit Wohlwollen auf und sagte, daß er ihre Befürchtungen ganz begründet fände.

Außerdem sei ihm vom Herrn Oberförster der Sprengelsperger als sehr ruhiger und pflichttreuer Mann geschildert worden, der gewiß seine Befugnisse niemals überschreiten würde.

Soweit war es gut gegangen, und der alte Lenz rauchte nach der Vernehmung seine Pfeife mit größerem Behagen als den Abend vorher.

Die Herren von der Kommission frühstückten und machten sich dann unter Führung des Hohenreiner sowie des Anderl und Sprengelsperger auf den Weg zum Tatorte. Außerdem nahm man zwei Holzknechte zur Bergung der Leiche mit.

Auf Ersuchen des Herrn Landrichters, welcher an einer Herzverfettung litt, wurde der Aufstieg zum Scharer Graben langsam gemacht; endlich kam man an, und Sprengelsperger bezeichnete zuerst die Stelle, an welcher er geschossen hatte.

Man sah die Leiche unten im Graben liegen.

Der Landrichter erklärte, daß er die Stellung des Toten auch von oben mit genügender Sicherheit konstatiert habe, und daß er es für überflüssig halte, selbst hinunterzusteigen.

Dies sollte der Herr Bezirksarzt in Begleitung Sprengelspergers tun.

Die beiden schritten abwärts und näherten sich dem Toten.

Aber was war das?

Da lag der Wilderer, just so, wie er hingefallen war, doch der Kopf fehlte.

Der Kopf war kurzweg abgeschnitten.

Ein grausiger Anblick.

Der Bezirksarzt untersuchte die Leiche; er fand keine Wunde. Die Kugel mußte durch den Kopf gedrungen sein, wenn sie den Toten überhaupt getroffen hatte.

Auf die sonderbare Meldung hin erklärte der Herr Landrichter, daß die Untersuchung damit beendigt sei; man könne nur feststellen, daß der Rumpf einer männlichen Leiche gefunden worden sei. Trotz genauester Visitation derselben habe sich über die Herkunft nicht das geringste ergeben; ebensowenig könnte die Todesursache festgestellt werden.

Die Holzknechte erhielten den Auftrag, den verstümmelten Rumpf einzuscharren, und die Kommission begab sich mit den Forstleuten nach Griesen.

Man machte in der damaligen Zeit nicht viele Umstände.

Nun will ich allen gläubigen Christen sagen, daß sie nicht Angst haben sollen um das Seelenheil des Josef Gfeiler, weil sein Körper in ungeweihter Erde begraben liegt.

Ein jeder Tiroler weiß, und die anderen Leute sollen es erfahren, daß die Seele des Menschen im Kopfe wohnt.

Darum ging der fromme Jakob Holzweber zur Nachtzeit mit Peter Hosp in den Graben zurück, und darum trennten sie dem toten Kameraden das Haupt vom Leibe und brachten es heim nach Biberwiehr.

Hier legten sie eine schwarzgekleidete Strohpuppe in den Sarg und setzten den Kopf darüber.

Alle teilnehmenden Freunde und Verwandten glaubten, daß sie die sterbliche Hülle des so plötzlich verunglückten Josef Gfeiler vor sich hätten, und verrichteten die gebräuchliche Andacht vor der Leiche.

Am Sonntage nach Fronleichnam war das Begräbnis.

Und als der Pfarrer die Trauerversammlung aufforderte, ein Vaterunser für den Abgestorbenen zu beten, da tat es der Herr Schreinermeister Holzweber mit einer solchen Inbrunst, daß es allen Gläubigen zum erhebenden Beispiele gereichte.

Inhalt

FUSSNOTEN:

[A] Pürschmann, ein Hundename.

[B] Schelte.

www.ingramcontent.com/pod-product-compliance
Lightning Source LLC
Chambersburg PA
CBHW060801310726
48980CB00002B/190
9783732629121